NOVELLE NAPOLETANE

MARCO MONNIER

Texte et illustration de couverture : © domaine public
Edition : Culturea (Hérault, 34)
Contact : infos@culturea.fr
Retrouvez notre catalogue sur http://culturea.fr
Imprimé en Allemagne par Books on Demand
Design typographique : Derek Murphy
Layout : Reedsy (https://reedsy.com/)

Dépôt légal : janvier 2023

ISBN : 9791041841035

DONNA GRAZIA

– Sì, me ne ricordo, mio caro. Eravamo sotto la seconda repubblica, in una bella sera di settembre, nel parco di mia madre, ai PlanssousBois. Alcuni amici erano venuti a visitarmi e mi avevano trovato sulle furie contro il romanzo Graziella che avevo letto in quel giorno.

«È falso, – io esclamava colla prepotenza della gioventù, – è falso da cima a fondo; questi Napolitani non hanno mai esistito. Io puro ho avuto una Graziella nella mia vita passata; e adesso voglio farvela conoscere.»

Lì per lì vi raccontai il mio episodio con acerbe e veementi espressioni. Tu eri allora soltanto uno scolaro in vacanza e non ci si curava di te; tuttavia ci ascoltavi, giacchè dopo venticinque anni mi vedi ancora gesticolare e parlare ad alta voce sulla terrazza dei castani. Adesso tu esprimi il desiderio che io scriva la mia storia e la dia alle stampe: questo è un consiglio da letterato. Tuttavia m'ha fatto piacere l'accontentarti e ti mando il manoscritto in sette brevi capitoli, di cui potrai fare ciò che vorrai; guarda se puoi cavarne qualche costrutto. Io ti avverto soltanto che ti troverai deluso; ho perduto la foga e l'asprezza, il sangue e la bile dei miei vent'anni; l'età m'ha reso più calmo, più giusto. Poi ho voluto scrivere le cose come sono avvenute senza mutare niente più di due o tre nomi, cominciando dal mio. Orbene, la vita non si svolge mai come occorre per divertire il pubblico; essa ha questo di comune colla natura che non diventa veramente bella, e veramente vera, se non è passata dalla mano d'un artista. Disgraziamente io non sono artista. Non cercare adunque in ciò che contiene questo piego, una novella, ma un semplice studio, qualche testa schizzata dal vero, e dei costumi abbastanza curiosi, poco noti anche ai viaggiatori che non poterono osservarli che in fretta. Va bene conservarne qualche tratto perchè già a' miei tempi andavano scomparendo. Oggi poi non ci son più lazzaroni.

I.

Luigi Filippo era re dei Francesi, Ferdinando II, re di Napoli, ed io, Vittorio de Plants, segretario particolare dell'ambasciatore che Luigi Filippo manteneva presso Ferdinando II. Napoli era il paese dei miei sogni, ed io entravo dilettante nella diplomazia coll'unico scopo di cercare delle emozioni sotto ai limoni alla riva del mare. Il mio impiego non mi dava da fare, non stancava per nulla le mie facoltà; non mi rammento d'avervi fatto altro lavoro che la copia d'un trattato di commercio. Di sera mi trascinavo ad un caffè dove i mille oziosi della città andavano a fumare dei sigari ed a bere dei bicchieri d'acqua che non pagavano. Gli inservienti del locale erano molto sorpresi ed un poco seccati quando un intruso disturbava le loro abitudini e chiedeva un gelato od una limonata. Poi, seguendo la corrente, andavo a sedere nel mio posto al teatro San Carlo. Vi si rappresentava ogni sera, per quasi tutto l'inverno, sempre la stessa opera, davanti agli stessi spettatori che si guardavano bene dall'ascoltare la musica. Dalla platea, dove c'erano persone d'ogni classe, non si faceva che passeggiare collo sguardo attraverso il cannocchiale da un palco all'altro; si verificava allora che la principessa, la duchessa, la marchesa, e così di seguito fino alla moglie del banchiere, e più in giù, erano al posto solito che loro assegnava il turno d'abbonamento. Nell'alta società impossibile provare la minima emozione; nei salotti ci si annoiava, le signore scimiottavano da provinciali la moda di Parigi; gli uomini erano belli, ma vuoti.

Nell'estate seguente cambiai vita; trattenuto a Napoli dai doveri del mio impiego, che mi lasciava ozioso, dormivo tra la colazione ed il pranzo e passavo la notte sul mare. Si pescava alla luce delle fiaccole in compagnia dei marinari che mi insegnavano il loro dialetto; poi, spente le torcie, ammiravo il solco fosforescente che trascinava seco la barca sopra l'acqua tenebrosa. All'alba discendevo sulla costa di Mergellina, m'avviavo verso casa, dove giungevo prima del sole. Il caso, – o, se volete, il corno di corallo che portava dal giorno innanzi, – volle che un mattino, sbarcando all'alba sulla costa, trovassi ferma davanti a me, come per sbarrarmi il passo, una piccola vettura coperta, ed in questa vettura, due bellissimi occhioni neri che guardavano il mare. Essi si incontrarono nei miei e tutto ad un tratto si accesero; il viso che rischiaravano mi parve scolpito in un pezzo di lava ardente. Io rimasi come inchiodato al mio posto, udii uno schioccare di frusta e la vettura scomparve.

Il caso sa quel che fa; non solo m'aveva prediposto ad una viva emozione, ma aveva combinato tutto per riempirne il mio cervello. Questo incontro doveva eccitare la mia curiosità. Chi era mai quella giovane? Perchè passeggiava così di buon'ora in una vettura tirata da due cavalli barberi? (erano i cavalli che dapprima m'avevano colpito). Perchè sulla spiaggia di Mergellina, in un quartiere dove le carrozze non hanno a che fare così per tempo? Perchè aveva un velo nero invece di uno dei grotteschi cappelli che venivano allora da Parigi? Poi quello sguardo, quel rossore, quel lampo e quell'incendio? Una testa meno disoccupata della mia ne avrebbe sognato a lungo; io ne sognai sempre e continuamente: sopra il trattato di commercio che stavo allora copiando, disegnai delle vetture basse e coperte, dei cavallini africani, dei veli di trina percorrevano in tutti i sensi le nuove tariffe doganali, ed un gran cocchiere in livrea, quasi in piedi, a cassetta, dominava la convenzione postale che abbassava il porto dei giornali. L'ambasciatore trovò così grazioso questo documento illustrato, che ne fece omaggio all'ambasciatrice. Io dovetti cominciare la copia: no non l'ho rubata, la decorazione che essa m'ha procurata.

Questo non fu il mio sbaglio maggiore: io divenni l'uomo più dissipato della città. Napoli era deserta in quel mese d'agosto, il più caldo dell'anno; mi feci presentare in tutte le ville del Vomero, di Posilipo, di Capodimonte, di Castellamare, di Capri e d'Ischia; mendicai inviti come uno scolaretto. Visitai, di sera, tutti i teatri ancora aperti; il Fondo, il Teatro Nuovo, dove si rappresentavano opere buffe, quello dei Fiorentini che esauriva il repertorio di Scribe tradotto in cattivo toscano; discesi in quella cantina che è il San Carlino, dove Pulcinella faceva le boccacce. Divenni uno sfrenato amatore degli spettacoli, la domenica mi cambiavo bruscamente in devoto. Allora mi avreste trovato in tutte le chiese più frequentate; una mattina fui visto piantato come un piuolo per due ore sulla porta di San Fernando, il tempio ed il ritrovo dell'alta società. Avevo avuto il tempo d'intravvedere una corona da principe dipinta sullo sportello della vettura; mi feci dare il nome di tutti i principi di Napoli e, benchè ce ne fosse molti di dubbii, ebbi la bassezza di presentarmi, con diversi pretesti, nei palazzi più o meno degradati di questi gran signori. Corruppi camerieri, portinai ed altre persone officiali; e ci spesi più che non occorre per ottenere un colloquio colla regina di Golconda. Tutto invano; il velo nero non ricompariva.

Feci cose ancor più insensate; avendo dedotto dall'incontro a Mergellina, che la mia principessa assisteva ogni mattina alla levata del sole, comperai un buon cavallo e galoppai ogni giorno all'alba sui passeggi e sulle strade maestre che tagliano il piano o fiancheggiano il mare. Il fiasco continuo non fece che fortificare la mia pazienza, e la mia perseveranza. Il trattato di commercio era stato spedito, l'ambasciatore prendeva le acque ad Ischia, io non avevo più nulla da fare, e potei darmi corpo ed anima all'inseguimento di questa idea fissa, che alla lunga avrebbe finito per farmi impazzire. Finalmente, un giorno incontrai il grande scudiero del re, che era un uomo sapiente; egli conosceva tutti i cavalli di Napoli, le loro qualità, la loro provenienza, la loro genealogia, i loro viaggi, i cambiamenti di scuderia e quanto erano stati pagati. Io gli descrissi i cavalli barberi; egli mi condusse nel vano di una finestra e mi confidò, colla massima segretezza, che essi erano del principe di Montefosco, vecchio liberale del 1820, sottoposto alla sorveglianza della polizia. Volli sapere se il principe era ammogliato: il grande scudiere mi rispose che i cavalli venivano dritto dritto dal Marocco, e che il vecchio liberale aveva commesso un vero sacrilegio attaccandoli ad una carretta da tre soldi.

– Bestie come quelle, – gridò, – sono fatte per cavalieri di primo ordine, e pel galoppo di parata. Sono rovinate, ora esse invecchiano; un cavallo barbero non dovrebbe invecchiar mai. Due anni fa avrebbero potuto bere al livello del suolo, restando diritti sulle quattro zampe, senza piegare le due davanti. Guardatele adesso, sono pingui e pesanti.

Chiesi allo scudiere come avrei dovuto fare per rivederli, ed ebbi così l'indirizzo della loro scuderia.

– Ma non abita mica là, quel miserabile; – soggiunse l'ippomane che era proprio irritato. – Nuova prova ch'egli non ha amore ai cavalli.

Dopo un quarto d'ora ero alla scuderia e cercavo di cattivarmi l'affetto del cocchiere. Fatica sprecata! Quell'uomo restò muto come una tomba senza epigrafe, ed io perdetti il mio fiato ed il mio danaro. Mi informai altrove colla stessa riuscita: il principe non andava in nessun luogo e non riceveva nessuno, non lo si vedeva mai per istrada; appena a lunghi intervalli si incontrava qualche volta la sua vettura coperta (ciò che si vede di rado a Napoli) colle tendine sempre abbassate. Esiliato due volte dal paese, aveva avuto gran difficoltà a rientrare; guardato dalla polizia, viveva isolato, non si sapeva in che luogo. Questo mistero e questo isolamento raddoppiavano i sospetti. Così tutti si guardavano bene dal cercarlo, evitavano perfino di nominarlo; i meglio lo dicevano vedovo, e non gli conoscevano nè moglie nè amanti. Dopo aver perdute molte giornate per avere queste povere informazioni, fui avvicinato una sera in via Toledo da un giovanotto svelto tutto gesti e smorfie che m'offerse i suoi servigi; io lo mandai al diavolo, ma non se n'ebbe a male. Anzi mi assicurò della sua devozione e mi espresse la gioia che proverebbe mostrandomi l'anfiteatro di Pozzuoli e la grotta della Sibilla. Una nuova ripulsa non lo scoraggì; mi offrì un preservativo dalla jettatura e domandò il permesso di farmi una serenata ogni sera: poichè teneva una chitarra ed una buona voce da baritono. Stavo per rompere il bastone sulla sua schiena, quando mi disse che era carico di famiglia, e che pregherebbe per me tutti i santi del paradiso se gli volessi dare soltanto una mezza piastra; e siccome io continuavo la mia strada, senza rispondere, egli abbassò a poco a poco le pretese fino a chiedermi mezzo soldo. Io feci il sordo; egli mi pregò di dargli almeno il mozzicone di sigaro. Lanciai quello che stavo fumando in mezzo della via, egli corse a raccoglierlo percuotendo cinque o sei monelli che s'erano scagliati su quella preda; poi tornò a me giurandomi che si sarebbe gettato in un cratere per farmi piacere.

A quel punto mi passò pel capo di servirmi di quel tomo. Gli indicai la scuderia e gli promisi una piastra se riusciva a trovarmi l'indirizzo del principe misterioso. Egli partì come un lampo, ed io andai al San Carlino ad annoiarmi fino a mezzanotte. All'uscita dal teatro trovai il mio uomo.

– Eccellenza, – mi disse, – eccomi.

– Hai trovato qualcosa?

– Tutto quello che m'ha comandato Vostra Eccellenza.

– Parla, e presto.

Aniello, o per meglio dire Tortaniello (era il soprannome che gli avevano dato e che derivava dal nome di certi pani collo strutto molto gustati allora dai lazzaroni), si mise a camminarmi alle calcagna, le mani tese, come se chiedesse l'elemosina. Mai avrebbe osato camminare al mio fianco, sarebbe stata un'impertinenza, nè arrestarmi sulla via, chè avrebbe attirato sopra noi tutti gli sguardi ed i sospetti. Così scortandomi diceva in tuono di lamento e di preghiera:

– Il principe abita un palazzo di Napoli vecchio che v'indicherò, sventuratamente i balconi guardano sulla corte. Donna Grazia, che voi avete incontrata, è sua figlia. Io seppi dal cocchiere che Vostra Eccellenza cercava di lei avendola fissata una mattina a Mergellina, e che voi vi siete rivolto a lui per farlo parlare; egli vi ha riconosciuto. Da allora essa non esce più in vettura, ma va tutte le mattine a pregare, vi dirò in che chiesa. Impossibile salire da lei; il principe la fa guardare da vicino, ed essa ha una governante che non l'abbandona un istante, la vecchia Gelsomina. Non si può dunque parlarle che cogli occhi e in chiesa; vi andremo domani. Vostra Eccellenza m'aveva promesso una piastra.

Io diedi un luigi a Tortaniello, che mi baciò le mani e mi pregò di aggiungere a questa gratificazione una piccola mancia. Gliela diedi di buon grado; egli mi domandò allora da fumare. Gli porsi il mio portasigari, e nello stesso tempo il sigaro acceso che avevo in mano perchè prendesse del fuoco. Egli mise il sigaro in bocca, e si cacciò il portasigari nella tasca dei calzoni poi se n'andò facendo delle capriole.

Io mi svegliai di buon mattino; prima d'aprire gli occhi avevo già davanti a me due figure, Grazia e Tortaniello. Mi diedi un ceffone, a me stesso, pensando all'improvviso che avevo dimenticato di dare il mio indirizzo al lazzarone. In quel punto quasi accorresse allo strepito, lo vidi entrare in camera; da un'ora egli mi aspettava nel salotto.

– Eccellenza, eccomi, – disse, come la sera prima.

– Come sei venuto?

– Per la strada giusta. Il vostro domestico non voleva lasciarmi entrare; l'ho minacciato di farlo mandar via, ed egli m'ha aperto la porta.

– Ma chi ti ha detto che abitavo qui?

– Chi mi ha detto che eravate iersera al San Carlino? Noi altri sappiamo tutto.

Tortaniello aveva portato la chitarra; cantò, mentre mi vestivo, le ultime canzonette in voga che si ripetevano nelle vie e nei salotti eleganti; ma in quella mattina la musica non mi divertì, avevo fretta di uscirmene e di andare in chiesa; saltai sulla prima carrozzella che capitò; Tortaniello salì a cassetto e partimmo di galoppo. Ma appena entrati nella città vecchia, fummo disturbati, attraversati, fermati, respinti da tante cose, bestie, persone, passanti affaccendati, asini carichi di legumi, capre e giovenche che recavano il latte di porta in porta, maiali che venivano condotti al macello, studenti delle scuole militari che tornavano dalla messa in uniforme condotti da abati, penitenti bianchi coi ceri accesi per accompagnare un morto al cimitero, scortati da uno stormo di marmocchi che si studiavano di raccogliere in cartocci la cera gialla che colava; canti, strida, voci confuse, uscivano da quella moltitudine in una via stretta e tortuosa, dove due omnibus non avrebbero potuto passare di fronte; così che quando arrivai alla gradinata della chiesuola, ahimè! Donna Grazia era già da gran tempo partita.

Tortaniello entrò prima di me, sollevando, per aprirmi il passo, una portiera unta e pesante. Appena entrato, piegò il ginocchio dapprima sulla soglia; poi davanti a tutte le immagini; baciò la mano a due o tre preti che passarono vicini, ed andò a prostrarsi in una cappella dove si mise a pregare. Poi abbordò un vecchio curato lo condusse nella sacrestia ed ebbe con lui un colloquio abbastanza lungo; quindi ritornò a cercarmi, e mi condusse in un andito molto oscuro dove una finestra rotonda che forava la parete permetteva di spingere lo sguardo nella chiesa senza esser visti.

– Venite qui domani più di buon'ora, – sussurrò Tortaniello, – e sopratutto non fatevi vedere; tutto sarebbe perduto.

Dopo di che mi fece uscire da una porta nascosta, senza voler ripetermi quello che avesse detto al vecchio sacerdote. Ad ogni mia domanda rispondeva: nun ve n'incaricate. Frase senza replica. Egli la pronunciava sollevando il mento, alzando le spalle e sprofondando la nuca nel collo.

Era ben lungo aspettare fino al domani per trovarmi un momento con Grazia. Tortaniello ebbe pietà di me e venne a cercarmi di sera alle cinque, nel punto ch'io stavo per mettermi a tavola.

– Desinate con vostro comodo, Eccellenza, – mi disse, – io vi servirò.

Infatti egli mi servì con molta diligenza e sollecitudine, non trascurando di mangiare gli avanzi; ma non volle bere il mio vino che veniva da Bordeaux; lo trovava troppo comune, senza gusto; me ne promise di molto migliore. Finito il pranzo, gridò ad un tratto:

– Prendete il vostro cappello, andiamo a vedere la principessina.

Non me lo disse che allora, perchè aveva presentito che dicendolo prima il suo pranzo sarebbe andato in fumo.

Un quarto d'ora dopo, eravamo in Napoli vecchio, davanti alla casa più alta che avessi vista in vita mia; dal sotto in su contai sette piani sotto il cornicione, ed erano piani napoletani. Io non vi sarei entrato solo dopo i vespri. Era una casaccia nera, umida, coi muri tutti a crepacci che trasudavano una melma verdastra. La scala, dai gradini sdrucciolevoli, screpolati, intaccati, sgretolati agli angoli, giravan a chiocciola intorno ad una cavità profonda ed oscura, dove mai non era penetrato un raggio di sole. Dovetti così salire otto piani dando la mano a Tortaniello che forse (ne ebbi il sospetto) m'aveva ingannato fino a quel momento e non era altro che un Fra Diavolo subalterno. Dopo qualche minuto, che mi parve un secolo o due, rividi la luce, ed il mio primo movimento fu di alzare il bastone sullo sciagurato cicerone, che aveva avuta l'impertinenza di inquietarmi. Il poveretto non parve meravigliato di ciò, e si accontentò di parare il colpo sollevando il gomito ed abbassando la testa; le vie di fatto non umiliavano il suo amor proprio. Egli avea l'opinione che ogni cristiano ha diritto di infiggere delle pene corporali a sua moglie od al suo inferiore. Così la pensava anche sua madre, che conobbi qualche giorno appresso; io chiesi a quella donna ancora giovane e bella, se suo marito la batteva.

– Quanne ce vo (quando ce n'è bisogno), – essa mi rispose filosoficamente.

Per la stessa ragione Tortaniello batteva con quanta forza aveva gli asini carichi di Inglesi che egli conduceva sulle alture dei Camaldoli.

– Non v'impazientite, – mi disse egli con dolcezza, – siamo arrivati.

Non si poteva infatti salire più in alto. Eravamo su una di quelle terrazze a curva che formano il tetto delle case di Napoli. Da quell'astrico senza parapetto si dominava quasi tutta la città vecchia. Abbassando la testa vedevo una quantità di terrazze ineguali, di tutte le forme, di tutte le altezze, tagliate in mille parti e solcate da strisce formate dalle strade; crepacci profondi donde usciva un rumore confuso di ruote, di ferri percossi, di grida d'ogni specie. Da quell'accozzaglia di pietre si ergevano a centinaia i campanili, le torri, le cupole variopinte, sormontate da croci appuntite che toccavano la volta del cielo. Tutto ad un tratto le campane si misero in movimento: fu un frastuono terribile, una tromba sonora che m'avrebbe trasportato Dio sa dove, se mi fosse mancato il braccio vigoroso di Tortaniello. Egli mi appoggiò ad un principio di nono piano lasciato in abbandono o per prudenza o per mancanza di denaro. Alzai gli occhi e guardai in alto, fuori della città, per non esser preso dalle vertigini; il sole al tramonto disegnava sopra tutta la costa dal Vesuvio a Capri una magnifica criniera rossastra. Il mare ed il cielo egualmente, limpidi e dolci, si guardavano.

– Ecco Donna Grazia, – esclamò ad un tratto Tortaniello, in aria di trionfo.

Io seguii il braccio del cicerone e non vidi nella direzione del suo dito che un ammasso di pietre dipinte; cavai il mio occhialino e, scorsi lontano da noi, a tre o quattrocento metri, un'ombra nera che si alzava ed abbassava con un movimento strano e regolare.

– È la principessina? – chiesi a Tortaniello.

– Vostra Eccellenza non la riconosce? Io la vedo coi miei occhi come vedo voi. È tutta sola sul suo terrazzino.

– E che fa?

– Cava un secchio d'acqua dal pozzo.

– Colle sue proprie mani?

– Io distinguo benissimo le due funi; il secchio è tirato, ella getta l'acqua sopra le sue piante disposte a destra contro il muro.... Adesso si volta e mi vede... Che debbo dirle?

– Vorresti parlarle a questa distanza? Ci vorrebbe un portavoce straordinario.

– Vedrete, – disse Tortaniello, che s'inchinò dapprima profondamente, incrociando le braccia sul petto.

L'ombra fece un movimento.

– Essa m'ha visto, – sussurrò il lazzarone, – e mi rende il saluto.

Egli unì prontamente i suoi due indici, li portò teneramente alle labbra, girò le pupille come rapito in estasi, stese il braccio verso l'ovest, dalla parte di Mergellina, rivolse tosto verso me il pollice della sinistra, indi levò gli occhi al cielo, s'accarezzo il mento, si lisciò i mustacchi che non aveva, si toccò il vestito, battè sopra il taschino, stropicciò più volte molto rapidamente il pollice sulle altre quattro dita della destra, facendone schioccare le estreme falangi, mentre quelle della manca le moveva sopra il cuore.

Questo voleva dire che se Donna Grazia si degnava di prender marito, sarebbe la più felice delle donne, che essa aveva incontrato a Mergellina un cavaliere che era là, davanti a lei, bennato, ben fatto, ben vestito, ben provvisto di quattrini, bello come la luce del giorno. L'ultimo gesto era un grido nuziale: imeneo! imeneo! e traduceva il famoso ritornello popolare:

Facciam batter le nacchere,

Facciam suonare il cembalo.

Grazia, che io vedeva confusamente (Tortaniello mi descrisse più tardi la pantomima della ragazza), sporse tutto il corpo, dilatando gli occhioni e scotendo la testa da destra a sinistra e da sinistra a destra. Domandava chi ero io. Tortaniello era in procinto di fare coi gesti la mia biografia, entrando nei più minuti particolari, quando si arrestò di colpo in seguito a un segno della principessina; essa aveva voltato verso noi la palma della mano, posato un dito sulle labbra, ciò che significa dappertutto, come a Napoli: «Attenti! non una parola di più!» Allora comparì sulla terrazza un'ombra lunga, secca, nera (quella di Gelsomina), che parve s'inchinasse profondamente a Grazia.

– Andiamo via! – disse Tortaniello, che si precipitò verso la scala, ove scomparve come in un trabocchetto. Io lo seguii a malincuore.

Tu sorridi, non è vero, mio caro letterato? Tu credi certo che io mi voglia beffare di te. No, te ne do la mia parola; anzi, piuttosto che inventarla, ho abbreviata e semplificata la pantomima.

Coi gesti i Napolitani si parlano a quelle grandi distanze; essi hanno quelle mani loquaci, conoscono arguzie dei diti di cui scrissero tanto gli autori latini. Ho assistito a lunghe conversazioni tra la via ed un quinto piano, e sono arrivato a comprendere a metà questo metodo di telegrafare.

Quando il re Ferdinando I risalì sul trono di Napoli, la plebe ammutinata volle invadere il palazzo di Portici, per fare bottino di ciò che vi aveva lasciato Murat. Ferdinando si mostrò al terrazzino e non pronunciò una parola; posò soltanto un dito sulla bocca, sporse le braccia incrociate, agitò le dieci dita in aria, si passò la mano sulla fronte, e rientrò senz'altro. Tutto ciò significava: «Oggi non c'è niente da fare; andatevene.»

La folla comprese, e si disperse gridando: «Viva Nasone!» Nasone era il soprannome del monarca.

II.

L'indomani per tempo ero entrato pel posticum nell'andito della chiesa, e guardavo attraverso la finestra rotonda. Due ragazzi in sottana scopavano il pavimento, delle ondate di polvere salivano verso la vôlta. Gli spazzini si scambiavano delle facezie profane e spolveravano le Madonne con dei pennaroli; un gatto beveva nella pila dell'acqua santa, mentre una famiglia di sorci, nicchiata sopra di me tra un quadro e la parete, asciolveva tranquillamente rosicchiando la tela. Le campane suonarono, le porte si aprirono, le bestie presero la fuga, ed i due ragazzi si fecero seri. Alcuni sagrestani entrarono sbadigliando e stropicciandosi gli occhi, alcune vecchie dal capo tentennante vennero a sedere sulle dure panche di legno ed a raccontarsi le loro miserie. Ancora non c'erano mendicanti; costoro, andando a zonzo tutta notte si alzavano tardi. Finalmente comparve Grazia, seguìta da Gelsomina. Potei finalmente mirarla a mio bell'agio, e non l'abbandonai un solo istante collo sguardo. Essa era grande, slanciata, aveva un velo nero, il vestito cadeva con naturalezza, come la tunica d'una statua; camminava come una dea. Aveva la fronte bassa, i denti bianchi, i capelli e gli occhi neri come tutte le Napolitane, ma si distingueva dalle altre per un naso sottile e diritto che dava a tutto il viso una certa correttezza di linee, ed un'aria signorile. Ella andò a prostrarsi non ad un inginocchiatoio nè su una seggiola bassa, ma sui mattoni variopinti del pavimento; abbassò la testa, e giunse le palme delle mani che portò in avanti. In quest'attitudine era bellissima; me l'ho dipinta le mille volte nella memoria. Un'orazione passava sulle sue labbra, che fremevano senza rumore; ma nei suoi occhi non si scorgeva il raccoglimento della preghiera. Senza che la testa abbassata si movesse, lo sguardo passeggiava tutto in giro, correva ai santi dipinti sui muri, agli angeli che volavano sopra la vôlta, ai gioielli che scintillavano sulla veste della Madonna, alle goccie di sangue che scendevano sul volto d'un Cristo. Nulla le sfuggiva di ciò che succedeva intorno. Il gatto, scappato allo strepito delle campane, ricomparve su una cornice e si mise a giocare colle nappe del baldacchino; questo incidente fece scintillare gli occhi di Grazia, e sollevò un cantuccio della sua bocca. Tutto ad un tratto una porta s'aperse ed illuminò la finestra rotonda. Grazia mi vide e sentì il mio sguardo, come io sentii il suo; ma la vecchia Gelsomina, inginocchiata a qualche distanza, ci spiava. Ella s'avvicinò alla ragazza e le disse una parola all'orecchio. Grazia impallidì, si alzò, ed uscì dalla chiesa dopo avermi lanciato un altro sguardo; io ci lessi tutto quanto desideravo.

Appena essa fu uscita, una mano si posò sulla mia spalla. Mi volsi e riconobbi il vecchio prete al quale Tortaniello aveva parlato a lungo.

– Don Vittorio, – mi disse, – io so tutto.

Tu comprenderai la mia angoscia ed il tumulto di idee che invase la mia povera testa; mi credetti sotto gli artigli di quest'uomo, e tutti i pericoli, tutte le sventure possibili mi si disegnarono in un attimo alla mente. Ma il padre Gaetano continuò colla massima tranquillità:

– Avete torto di non confidarvi a me. Io so che la vostra posizione vi obbliga ad agire con prudenza, e che non potreste mostrarvi pubblicamente in chiesa; perciò ho indicato questo andito nel quale nessuno vi vede. Voi potete aprirmi il vostro cuore; io vi libererò dai vostri scrupoli e vi aiuterò con tutto il mio potere.

Io fui disgustato, come tu pure lo sarai leggendo queste linee, da quelle prime parole del prete, e stavo per pigliare la porta che egli aveva aperto allora allora, ma la richiuse dolcemente e riprese il suo discorso, un discorso molto lungo, del quale io ti fo grazia. M'ero sbagliato completamente riguardo alle intenzioni del buon curato. Egli non sapeva nulla della mia relazione con Grazia; mi credeva un protestante che volesse farsi cattolico. Ai suoi occhi io avevo bisogno di nascondere le mie visite in chiesa, e dovevo convertirmi in segreto per non spiacere al mio governo. Il padre Gaetano pensava di prestare aiuto ad un'opera pia. Tortaniello aveva inventata questa storiella per giustificare la mia assiduità e per stornare da me i sospetti.

Io andai tutti i giorni seguenti a riprendere il mio posto nell'andito, e vi trovai ogni volta il padre Gaetano: un uomo eccellente. Egli aveva una fede sincera e costumi illibati, parlava con efficacia in discorsi ben architettati, nei quali metteva però un po' troppi aggettivi. A dir vero egli credeva Voltaire un calvinista, e Lutero un volteriano; forse avrebbe bastonato di gusto questi eretici; ma salvo questo risentimento, in cui consumava tutta la sua bile, era un uomo affabile, bonario, incapace di fare il più piccolo male. Se avesse avuto le mani pulite, gliele avrei strette di cuore.

Grazia però non era più tornata in chiesa, ed io, dopo otto giorni di inutili devozioni, dovetti rinunciare completamente alla conversione che meditava il padre Gaetano. Io compresi la causa di questa scomparsa, e diventai furente contro Gelsomina. Per colmo di sventura, in tutti quegli otto giorni non rividi Tortaniello. Non sapevo che fare, erravo come un'anima dannata; andavo tutto il giorno a zonzo per le vie di Napoli vecchia, entravo nei cortili dei palazzi di bell'aspetto, interrogavo tutti i poggiuoli dai quali avrebbe potuto sporgere la figlia d'un principe. Infine, un bel mattino aprendo gli occhi vidi ricomparirmi innanzi il mio lazzarone. Disse, per scusare la sua assenza, che aveva dovuto vegliare la madre ammalata. Non gli credetti, e lo coprii d'improperii; ma, qualche giorno appresso seppi, da sua madre istessa, la quale vendeva cocomeri in via del Porto, che Tortaniello era un buon figliuolo, pieno di rispetto e di riguardi per lei. Questo strano ragazzo molto pigro e molto attivo aveva in sè qualcosa dei vecchi lazzaroni, che vivevano, dormivano nudi al sole, e dicevano ai passanti, che si fermavano per offrir loro del denaro e richiederli d'un servizio: «Levatevi dal mio sole.» Egli aveva però le sue ore di lavoro, e faceva una quantità di mestieri per buscarsi (più o meno onestamente) qualche pezzo d'argento o di rame. D'inverno sfruttava gli stranieri, mostrava loro la pretesa tomba di Virgilio, gran poeta e mago famoso, sopra il quale aveva dei documenti speciali. Scopava la ghiaia di Pompei, per scoprire un mosaico, e ballava la tarantella sulle rovine di Capri o di Baja; questa era la stagione delle piastre. In estate, partiti gli stranieri, la vita diveniva più faticosa; bisognava tirar le reti coi pescatori, o spillaccherare nei caffè di second'ordine i borghesucci che asciolvevano facendosi lustrare gli stivali; bisognava raccogliere durante la notte i mozziconi di sigaro che certi industriali fanno poi disseccare per rivenderli ai tabaccai; oppure impiegarsi come mozzo di stalla nelle scuderie dei ricchi, o sguattero nelle cucine. Tortaniello preferiva approvvigionarsi d'acqua pura o d'acqua sulfurea, che attingeva alle sorgenti pubbliche, e portava nelle case particolari; ciò gli costava non poca fatica, ma raccoglieva (un poco anche mendicando) una piccola somma che divideva in due parti; metà la metteva al lotto, e dava il resto a sua madre. Non teneva nulla per sè, benchè non tutti i giorni avesse di che pranzare.

Quando ricomparve nella mia stanza, dopo l'assenza d'una settimana, disse che s'era occupato molto per me, e che io gli doveva venti piastre.

– Ne ho bisogno, – disse; – io mi sono impegnato per voi e non mi farete mancare di parola. Vedrete Donna Grazia e le parlerete entro oggi.

Io diedi le venti piastre. Tortaniello scomparve senza dirmi di più, e ritornò puntualmente a prendermi all'ora che m'aveva indicata; montò a cassetto come al solito, e via di galoppo! Io credeva d'aver percorso tutta Napoli vecchia; m'accorsi allora che non ne conoscevo la quarta parte. Si fecero interminabili giravolte per viottoli intralciati, selciati fino dai tempi romani, ingombrati da case che sembravano ammucchiate, gettate una sopra l'altra da un titano ubbriaco in un accesso di follìa o di furore. Qui un piano usciva dalla facciata e pendeva sulla nostra testa, sostenuto da travi che il rotolamento della nostra carrozzella faceva traballare; più giù, una stanza attraversava la via e conduceva da una casa all'altra, e si passava sotto come sotto un ponte coperto; altrove, le vie serpeggiavano a zig zag, in una vera gola fiancheggiata da monti, ed alzando gli occhi non vedevamo del cielo che una sottilissima striscia azzurra a grande distanza. Così si arrivò davanti ad uno splendido palazzo, dove Tortaniello mi fece entrare senza dirmi dove mi conduceva; una porta monumentale, sotto la quale avrebbe potuto passare tutta la mia casa paterna, un vasto cortile circondato da portici solenni, una scala che saliva dolcemente, con gradini lunghi, larghi e bassi, fino ad una specie di vestibolo a colonne, decorato degno di una tragedia classica. Tortaniello aperse una porta e mi fece attraversare una fila di stanze che avrebbero fatto arrossire il nostro museo del Lussemburgo; il soffitto era dipinto a fresco, ed il vano d'ogni finestra potrebbe contenere due dei nostri salottini uno sopra l'altro. Veramente tutto era in cattivo stato. Non trovai dei mobili che nella settima stanza, che era la sala e dove delle coperte sbrindellate da destar pietà pendevano sui sofà che avevano perduto le dorature. Dopo la sala venivano le camere da letto: qui dei grandi letti cadevano in pezzi, e dei cassettoni da tre soldi, e degli armadi in legno bianco parevano ammucchiati da una granata contro le pareti. Tortaniello mi fece percorrere a piedi, in questa serie di appartamenti sguerniti, parecchie centinaia di metri; io lo seguiva rassegnato, col naso in aria, ammirando qualche bella testa di Cleopatra o di Maria Maddalena che usciva qua e là dai soffitti scrostati e scoloriti. Finalmente, dopo un pellegrinaggio che mi parve eterno, si arrivò ad una cucina, dove Tortaniello mi porse una sedia quasi completamente spagliata dicendo:

– Sedete, che ci siamo.

Allora soltanto si degnò di spiegarmi la sua condotta.

– Cosa abbiamo visto sul terrazzo otto giorni fa? – mi disse. – Donna Grazia che tirava dell'acqua, ciò che vi ha molto meravigliato: non un lavoro da principessa. Io volli sapere se ella si dava questa pena per combinazione, o se era una sua abitudine. Così seppi da Gelsomina, colla quale ho fatto amicizia per servirvi, che tutti i giorni alle ventiquattro (al tramonto), per ordine del principe e per fare del movimento, Donna Grazia attinge colle proprie mani l'acqua per inaffiare i suoi fiori. Io dissi allora tra me.

– Chi sa? il pozzo mi pare molto profondo poichè ci mette tanto tempo per far risalire il secchio. Ella abita al piano nobile; il pozzo quindi deve servire a qualche altra casa d'una strada più bassa. – In conclusione, io riuscii a sapere da Gelsomina, che ha una buona lingua, e non tiene segreti, che il pozzo dava in una cucina di questo palazzo, nella quale, con suo gran dolore (ciarla tanto volentieri), non c'era mai nessuno. Io esclamai allora tra me e me: «Siamo a cavallo!» Vedo che cominciate a comprendermi.

Egli aperse allora una specie di imposta nella parete, ed io mi affacciai a quella finestra interna. Era un foro freschissimo, assai profondo, in fondo al quale la luce venendo dall'alto mandava come un riflesso di luna. Alzai la testa e vidi all'altezza di cinque o sei metri sopra di me il cielo aperto, la carrucola da cui pendevano due funi inumidite, e la sponda del pozzo che formava il parapetto del terrazzo di Grazia.

– Ecco perchè, – riprese Tortaniello, – vi ho domandato venti piastre. Ne ho date dodici al padrone di questo palazzo, un gran signore, la cui famiglia è antica quanto la tomba di Virgilio, e che ebbe degli antenati senatori a Roma al tempo di Faraone. Ora è scamazzato (rovinato), affitta ai forestieri la sua vettura e il suo palco al San Carlo, e non mangia maccheroni che ogni due giorni. Io gli domandai d'imprestarmi per voi il suo appartamento tutt'i dopo pranzi all'ora della siesta, e gli offersi una piastra al mese per questo piccolo servizio che non gli costa niente; egli può dormire lassù in un solaio. Perchè non sospettasse di nulla, gli ho detto che siete un pittore di talento e che volete copiare i suoi affreschi; bisognerà dunque che porti qui, Eccellenza, un cavalletto; se vi metterete a dipingere davvero, farete bene, pel caso d'una sorpresa; benchè noi abbiamo il diritto di chiudere e di mettere i chiavistelli. Il gran signore ha acconsentito, a patto che gli si paghi l'annata anticipata; io gli diedi le dodici piastre, e m'ha consegnato le chiavi della casa. Poi ho dovuto fare dei regalucci a Gelsomina. Per vederla ogni mattina, le porto un'anfora d'acqua sulfurea, e non me ne vado finchè non l'ha bevuta; così posso parlarle bastantemente a lungo senza che ci si trovi a ridire. Quella donna bisogna tenerla di conto, perchè vede tutto ciò che succede, e dice tutto ciò che vede; essa vi ha sorpreso due volte mentre fissavate Donna Grazia, che da allora più non va nè in vettura, nè in chiesa; il principe non vuole che sua figlia sappia cosa sia amore. Ecco perchè ho pensato distrarre Gelsomina. Con l'acqua sulfurea che essa mi paga, le porto ogni mattina una sfogliatella o qualche susamiello ripieno, o una cocozzata, dei cannellini, dei torroncini, se non c'è di meglio, dei franfellicchi; essa accetta tutto. È vecchia e brutta, ma crede che io la voglia sposare; stamattina le diedi un anello che m'ha costato quattro ducati; compresi i dolci, ho speso sei piastre. Alle ventiquattro, mentre voi discorrerete al foro del pozzo con Donna Grazia, io devo portare alla vecchia una seconda anfora di acqua sulfurea. La terrò lontano, le impedirò di spiarvi; il povero Tortaniello non merita due piastre? Fate il conto sulle dita; sei e due fanno otto, e dodici fanno venti. Ecco l'impiego delle venti piastre.

In quel momento avrei abbracciato il furbaccio, degno d'essere compaesano di Scapino, ma egli non mi lasciò il tempo di ringraziarlo, e partì come una freccia; aveva udito del rumore venir dalla terrazza. Qualche istante dopo udii uno stridere di carrucola, che in altri momenti mi avrebbe rotto i timpani, ma in quella sera li accarezzò melodiosamente. Mi precipitai verso la finestra del pozzo, e sopra di me, sulla terrazza, vidi Grazia in piedi come un'ombra che si staccava dal cielo. La chiamai dolcemente, ella si scosse, e chiuse gli occhi aggrappandosi alla corda bagnata.

– Volete che vi aiuti? – mormorai un po' scioccamente.

Ero tanto turbato che non seppi trovare altre parole. Noi restammo così qualche tempo muti, tenendo tutti e due la fune che ci tremava nelle mani.

III.

Inutile dirti che ritornai tutti i giorni in quel palazzo fantastico. Arrivavo molto prima dell'ora, e mi provavo a copiare le opulenti fanciulle colle quali Giordano Luca aveva coperto il soffitto e le pareti. Grazia era una fanciulla strana, ai suoi vezzi non si poteva resistere. Ella non diceva volontieri quello che sapeva di sè stessa e di coloro che la contornavano, ma interrogava molto, e moltiplicava le sue domande con una curiosità infantile; bisognava spiegarle tutto. Era d'un'ignoranza adorabile, i libri non le avevano insegnato nulla, giacchè leggeva male e con molta fatica. In quanto a scrivere, sapeva fare appena le aste; le avevano detto la scrittura un'arte inutile, anzi dannosa, non servendo ad altro che a lettere amorose. Mi chiese un giorno se Parigi si trovasse sulla via da Napoli a Roma. Si figurava che tutti gli stranieri fossero Turchi, intendendo con ciò dei pagani che non credono alla Madonna; quando la levai d'errore, feci un gran passo nel suo cuore. La liberai dell'unico rimorso che le gravava la coscienza. Mi vedeva di nascosto, all'insaputa del padre e perfino del confessore, ma non avrebbe mai avuto il coraggio di sposare un Mammalucco. Mi parlava in dialetto napoletano; era la sua lingua nella quale si trovava a suo agio, si moveva con molta grazia; mentre col buon italiano, che comprendeva poco, si trovava come un pesce fuori d'acqua, si trascinava a stento. Tuttavia si era cercato d'istruirla in un convento, ma la fanciulla ci si annoiava tanto che in capo a poche settimane si dovette toglierla di là. Ella aveva bisogno di aria, di luce, e soffocava nelle grandi sale dalle quali si scorgeva appena un povero quadrato di cielo interrotto da graticolati o da inferriate. Ella non aveva potuto durarci, in quella casa tetra; non amava i dolciumi, e molto meno le lezioni; preferiva le devozioni, soprattutto in chiesa, perchè là trovava delle pitture e della musica; ma nella chiesa del convento si vedevano troppo di rado visi nuovi; gli uomini ne erano esclusi, si faceva un'eccezione soltanto per i religiosi, che erano però brutti, troppo grassi o troppo magri. Mi parve comprendere che una bella sera la giovane prigioniera era fuggita da quel carcere. Da qualche parola che m'aveva detto, ne argomentai che prima della reclusione, essa aveva condotta una vita povera e libera sulla riva del mare in mezzo ai marinai ed ai pescatori. Sapeva come si adopera la rete, conosceva le abitudini dei pesci, i nomi degli attrezzi e degli apparati d'una nave, i capricci del garbino, dello scirocco, del tramontano, le fole di Orlando e di Rinaldo, che i cantastorie intonavano sul porto. Quando parlava di queste cose, gli occhi della fanciulla mandavano lampi.

Ella sapeva ancora molte altre cose. Non sciupando il tempo nè a leggere, nè a cucire, nè a far calze, nè a filare; ma standosene sempre all'aria aperta sul terrazzo, senza far mai nulla colle sue dieci dita, aveva potuto osservare a suo bell'agio tutto quanto era alla portata dei suoi occhi e delle sue orecchie. Distingueva al loro modo di gridare, i rivenditori ambulanti che passavano dall'alba alla sera, uno dopo l'altro tornando sempre alla medesima ora; veniva primo l'acquavitaio che girava di buon mattino, poi arrivavano successivamente le succiole, le mucche, la carne, i legumi, le uova, il burro di Sorrento, le ricotte di Castellamare; dopo mezzogiorno l'acqua sulfurea, poi di nuovo le mucche che portavano in giro i loro sonagli dalle quattro alle cinque di sera. A notte fatta andavano in giro i venditori d'olive, indi quelli di lupini, magro vitto dei più poveri. Grazia conosceva così le ore senza ascoltare le campane, nè guardare il sole. Poteva descrivere appuntino tutti i costumi del paese, essendo andata più volte il mattino dell'8 settembre alla Villa Reale, dove in quel giorno il popolo poteva farla da padrone; là accorrevano fanciulle di tutti i paesi vestite a festa, coi loro ornamenti più belli; l'una giunta dalla Magna Grecia aveva una cintura d'argento ed un diadema d'oro; la Capuana, un'acconciatura da Vestale o da Sibilla; un'altra, l'Abbruzzese, portava le treccia rialzate, come le Dee dell'Olimpo; mentre la figlia del Sannio teneva fermo con nastrini alle braccia un corsetto senza cuciture, e si drappeggiava nelle larghe pieghe d'una stoffa tessuta e tinta colla proprie mani. Grazia era seducente quando imitava l'accento, o prendeva a prestito i vestiti, di quelle contadine. Un giorno per rallegrare i miei occhi, indossò il costume nazionale delle belle fanciulle di Procida. La testa greca usciva dai suoi vestiti come un bronzo color di rame.

Ella sapeva ben altre cose ancora: i nomi e le leggende di tutti i Santi, le loro abitudini, le loro preferenze, la loro posizione in cielo e i loro uffici in terra; i giorni dell'anno nei quali si celebrava la festa in loro onore, ed i piatti che bisognava mangiare per esser loro graditi. La sua religione era una specie di politeismo apostolico romano; s'immaginava sopra le nubi un Olimpo pieno di dêi e di semidêi. In tutto quel mondo vedeva esseri superiori che doveva rispettare, perchè le avrebbero potuto fare molto bene e molto male; ma una vera devozione non la mostrava che per la Madonna. «A quella (ripeto le sue parole), a quella si dice tutto.» Le recitava ogni sera un'Ave, storpiava le parole non conoscendo il latino; ma quando i suoi occhi si fissavano sulla santa Vergine, sospesa sopra il suo letticciuolo, cadeva in ginocchio, giungeva le mani, e guardandola si credeva in cielo. Anzi, se adempieva esattamente ai suoi doveri religiosi, non era per guadagnarsi il paradiso, ancora troppo lontano, ma perchè la Madonna lo voleva, e bisognava compiacere la Madonna.

I suoi ricordi più vivi erano ricordi pii: una gita ad Antignano, piccolo villaggio dei dintorni ove si vedono, nel giorno di Pasqua, due processioni correre una dopo l'altra, e cercarsi in tutti i viottoli, in tutti i recessi: è la Madonna che va in cerca del suo figlio divino. Finisce per ritrovarlo, ed un'esplosione di petardi annuncia ai villaggi vicini la grande novella; allora la Madonna in segno di gioia, rialza la veste da cui esce, ai quattro lati del cielo e si sparpaglia uno stormo di uccelli.

Grazia si rammentava pure d'essere andata a festeggiare la Madonna dell'Arco ai piedi del Vesuvio; d'onde era ritornata con tanti mazzi di fiori, con ciliegie agli orecchi, una pertica in mano, dalla quale pendevano secchiolini, panieri, lanterne, gruppi di nocciuole, ed immagini devote; aveva fatto, quel giorno, quattro o cinque leghe in un'ora, seduta sul banco d'un corricolo variopinto, addobbato, pieno di gente, spinto a gran corsa per le vie di Napoli, tirato da un cavallo bizzarro, incitato dai colpi, dallo schioccare della frusta, dalle acclamazioni dei giovanotti che gridavano a squarciagola: «Figliole! Figliole!»

Ecco di cosa parlavamo attraverso il pozzo. Ella raccontava le sue impressioni, ma sorvolava sulla sua vita passata; eludeva le domande, e non rispondeva che schivandole. Non parlava di suo padre che con un devoto rispetto, e lo chiamava il signore, anzi semplicemente gnore, come Tortaniello chiamava gnora sua madre. C'era tra il principe e Grazia o una barriera o una nube: si vedevano soltanto a pranzo, e non avevano certo da scambiarsi molte idee. Il principe, spesso assorto in pensieri, non pronunciava una parola; nel momento di buon umore, diceva in dialetto qualche facezia, ed accarezzava il mento della bella fanciulla, che gli baciava la mano. Insistendo nelle mie domande, seppi che essa non aveva avuto dopo uscita di convento che due colloqui un po' lunghi con lui, e l'uno e l'altro a mio riguardo, dopo gli incontri di Mergellina e della chiesa. La povera fanciulla aveva avuto perciò due «lavate di capo,» e da allora non le si permise più di uscire. Nella casa c'era una cappella; il padre Gaetano, il prete di casa, vi diceva la messa ogni mattina, gli si davano perciò venti soldi. Mi parve di comprendere che Grazia, molto afflitta da tanto rigore, non vedeva l'ora d'abbandonare quella casa. Il matrimonio era per lei una specie di liberazione, che le avrebbe permesso di andare a zonzo, di visitare le chiese, e di passare un'ora o due sulla Marinella, a vedere i pescatori tirare lentamente le reti dell'acqua. Io le offersi di parlare al principe, essa supplicò di non farlo.

– È molto geloso, – mi disse, – rifiuterebbe e ci terrebbe d'occhio. Non vuole che mi si guardi. Ha già licenziato parecchi giovanotti, dei cavalieri perfino, che m'avevano vista in vettura e che erano venuti a chiedergli la mia mano. Bisogna aspettare una combinazione. Se venisse a sapere che ci parliamo, mi terrebbe chiusa in una camera buia.

Questo non me lo disse nei primi giorni, ma bensì l'ultima volta che ci parlammo dalla bocca del pozzo.

Durante questi lunghi discorsi mai ci sfuggì una sola parola d'amore. S'usava così a Napoli; dopo lo sguardo ch'essa mi aveva restituito in chiesa noi eravamo fidanzati, si dovesse anche attendere una diecina di anni la luna di miele. Due occhiate così vive gettate e tenute ferme su una fanciulla, valevano quanto una promessa di matrimonio. Parlarle sotto voce, davanti gente, o ad alta voce a quattr'occhi senza avere la ferma risoluzione di sposarla, sarebbe stata una impertinenza villana, o una bassa perfidia; una tale offesa presso i popolani veniva pagata con una coltellata. Anche la fanciulla era impegnata, e se mancava all'impegno, rischiava di ricevere una qualche sera uno sfregio nel bel mezzo della faccia. Fra noi due non c'era quindi più bisogno nè di promesse, nè di proteste, e nemmeno di moine; m'aveva accordato col suo primo sguardo tutto ciò che io potevo desiderare da lei prima del matrimonio. Un crescendo non era possibile; nell'incontro in chiesa avevamo intuonato la nota più alta della nostra voce. Mi diede del tu fin dal principio senza il minimo imbarazzo, come aveva visto fare le giovani della marina. Non si trattava altro che d'aspettare, ed essere contenti per ora, contenti, intendiamoci, a distanza, accarezzandoci appena l'un l'altro cogli occhi. Grazia non aveva mai letto romanzi, pure sapeva tutto quello che da noi si crede ignorato dalle donne, prima del matrimonio; e non ne faceva un mistero, era così più forte per difendersi al bisogno, od in ogni caso per scongiurare o prevenire il pericolo. Dopo un mese, il giorno stesso in cui mi scongiurò di non parlare ancora col principe, io le feci capire come mi dispiacesse di non poterla vedere che tanto da lontano. Essa mi rispose:

– Non stiamo bene così?

– Se potessi stringerti una volta sola la mano!

Essa cambiò voce, e replicò con gravità:

– Non si fanno di queste cose.

Non insistei; del resto sapevo già che alle donne non bisogna chieder nulla. Solo quando se ne fu andata, senza nessun cattivo pensiero, coll'unica intenzione di studiare il terreno, salii sul parapetto del pozzo, ed esaminai scotendola forte la solidità delle funi e della carrucola. La carrucola tenne forte, le funi erano nuove. Tesi le orecchie; dal terrazzo non veniva che il leggero ronzìo d'una zanzara probabilmente affamata. Conclusi che là non c'era nessuno. «Se vi andassi!» pensai. Poi rinunciai a questo progetto rivolgendomi la domanda: «A far che?» Ma mi risposi subito: «Per vedere, soltanto per vedere....» Evidentemente Grazia non correva nessun pericolo; io rispettavo in lei la mia fidanzata. Alla peggio rischiavo solo d'esser sorpreso dalla fanciulla in questa ascensione indiscreta, e d'attirarmi una lavata di capo, che il dì appresso avrebbe condotto ad una bella scena di riconciliazione. Intanto avrei visto da vicino i suoi fiori, avrei toccato il suo annaffiatoio, avrei passeggiato gli occhi là dove ella passeggiava i suoi dall'alba al tramonto al di sopra della città. Si faceva già buio, la notte comincia presto a Napoli, e la luna non doveva spuntare prima di mezzanotte. E forse avvicinandomi adagio adagio in punta di piedi alla porta a vetri, avrei visto un cantuccio della sua camera, la Madonna che pende dalla parete, la croce d'ebano, e lei stessa addormentata già forse «in quel melanconico e casto paradiso.» E siccome alle mie emozioni si unisce sempre un po' di reminiscenze letterarie, così mi ripetevo i versi di Faust che entra in casa di Margherita.

Infatti, dopo un quarto d'ora di esitazione, mi aggrappai alle funi, come un agile acrobata, mi arrampicai colle due mani verso la bocca del pozzo, sopra la quale vedevo risplendere una stella in un cerchio di cielo. Ma appena la mia testa ebbe superata la sponda, vidi ritta sul terrazzo, una grande ombra; un braccio lungo si tese verso di me, con un fare che mi parve minaccioso, mentre una voce dolcissima, con un'ironia, che mi parve amara, disse:

– Fate adagio! Permettetemi di aiutarvi.

Era il principe di Montefosco.

IV.

Tu comprenderai la mia inquietudine in quel momento. Potevo temere una scena violenta; dovevo essere preparato almeno ad una penosa confessione, seguita da una domanda forzata, intempestiva, la quale m'avrebbe procurato un rifiuto ben meritato. Grazia era perduta per me ed io dovevo forse incrociare la spada con un galantuomo. Ma era destino che in questa avventura nulla succedesse di quanto avevo previsto.

Il principe era un uomo sulla cinquantina, grande e magro, colla barba lunga, grigia, ma senza baffi, all'americana; egli aveva dovuto farsi radere il labbro superiore per rassicurare il governo che temeva i visi coperti di pelo. Questa mutilazione aveva il vantaggio di lasciar scoperta una bocca dal sorriso dolce e cortese; gli occhi erano franchi e maliziosi.

M'aiutò infatti a salire sulla terrazza, e senza lasciarmi il tempo di pronunciare una parola, mi disse con squisita gentilezza:

– Signor Vittorio des Plants, devo chiedervi scusa. Io ero qui poco fa, e senza volerlo, ho udito il vostro, discorso con Grazia. Per giustificare l'attenzione prestata alle vostre parole basterà che vi dica che io sono il principe di Montefosco, il carceriere geloso di cui ella vi parlò poco fa. Io non l'ho nè con lei, nè con voi, so chi siete e conosco le vostre intenzioni; avreste potuto entrare in casa mia dalla porta. È vero che ho dovuto licenziare due o tre vagheggini che erano venuti a chiedermi la mano di Grazia, ma tutti e tre erano spie, mandati dalla polizia, non solo, ma anche cavalieri d'industria, e cantanti di sala; tre mestieri che non mi vanno a genio. Voi avete preferito di entrare dal pozzo, non ho diritto di rimproverarvi, avrei fatto anch'io altrettanto alla vostra età; ed ora, signore, giacchè volete sposare Grazia, debbo dirvi tutta la verità: essa non è mia figlia.

Questa frase del principe, mi levò un peso dal cuore. Temevo delle accuse ingiuste, e prima di ogni altra, quella di voler forzare un matrimonio disuguale, compromettendo una ragazza di grande casato.

– Persistete nella vostra intenzione? – mi chiese il principe.

– Sissignore, – gli risposi; – io amo Grazia, qualunque sia la sua condizione.

– Non vi avevo giudicato male, – rispose. – Ma non sapete ancora tutto. Bisogna che vi dica per filo e per segno come ho conosciuta quella bella fanciulla. Passarono quindici anni dal giorno in cui perdetti una bambina di due mesi appena; sua madre, una vera Napoletana, volle fare ciò che fanno in casi simili le donne più povere del paese; volle allattare un trovatello, che sarebbe rimasto da allora con lei e che avrebbe preso il posto della povera morta. Andammo perciò insieme all'Annunziata, che era e che è ancora un bugigattolo. Figuratevi, signore (qui prese la parola il patriota malcontento), una specie di buca da lettere aperta sulla pubblica via, dove le sventurate che avevano da nascondere un passo falso, o da fare delle economie, andavano a gettare i loro bambini. Il foro era angusto, acciò non potessero passarvi che i neonati; se poi il bambino era grande e grosso, veniva spinto con forza per farlo passare egualmente. Le ossa penetravano nella carne, lo si strangolava qualche volta; che importa? l'amministrazione non s'inquietava per ciò. Il fanciullo, appena confidato alla ruota, veniva battezzato e registrato con un nome qualunque, consegnato ad una balia che aveva già tre, quattro o cinque piccini sulle braccia. Si copriva la povera creatura di cenci, la si coricava in mezzo alle immondezze ed agli insetti, le si tendevano da succhiare mammelle inaridite, e la si buttava dopo due o tre giorni morta in un'altra buca più larga, quella dell'ospizio, dove aveva finito di soffrire. Moriva all'Annunziata il novanta per cento dei bambini; si poteva dire un vero covo d'infanticidii. La principessa tolse di là Grazia, che somigliava molto alla bambina perduta. Le infamie vedute mi indignarono, scrissi un opuscolo, lo feci stampare di nascosto, e lo feci pervenire al re, ai principi, ai ministri, ai vescovi. Fui imprigionato, e tenuto per sei mesi in segreta; poi, per grazia, senza esser stato sottoposto a nessun giudizio, fui mandato in esilio. Vissi tredici anni lontano da Napoli, in Francia, in Ispagna, al Marocco, e non ebbi in tutto quel tempo nessuna notizia di casa. Le lettere direttemi furono intercettate e trattenute al gabinetto nero, dove non le lessero: avrebbero dovuto affaticarsi troppo gli impiegati di quell'amministrazione per decifrare tutte quelle cartacce. Si accontentarono di metterle in alcune cartelle e di classificarle. Mi furono rese, o, per meglio dire, vendute qualche mese fa; erano ancora sigillate. In quanto poi alle lettere politiche, quelle le ho ricevute puntualmente, perchè chi le spediva si era guardato bene dal metterle alla posta di Napoli; venivano confidate ai capitani od ai marinai dei piroscafi. Le ragnatele lasciano passare i calabroni, non fermano che le mosche. Quando tornai a Napoli in principio dello scorso anno, non pensavo più a Grazia, che avevo da gran tempo perduta di vista. La ritrovai per caso nel quartiere del porto vicino ad una fontana. Aveva attinto allora allora dell'acqua in una specie d'anfora che portava sulla testa; camminava diritta e libera con una disinvoltura antica, coi piedi nudi, con un incedere reale. Feci fermare la vettura e le chiesi da bere; ella chinò l'anfora verso di me con tanta alterezza, che invece di avvicinare l'orlo del vaso alla bocca, restai un istante a guardarla. Ella sorrise benchè avesse appena quattordici anni; le donne s'accorgono sempre quando sono ammirate. Alla prima domanda che le rivolsi, mi rispose che aveva nome Grazia. Un non so che mi disse subito che quella fanciulla l'avevo vista dapprima all'Annunziata, poi fra le braccia della mia povera moglie. La incalzai con domande, mi feci accompagnare nella casa dove abitava; era un semplice vascio (sottosuolo), che dalla porta riceveva un po' d'aria e di luce, ammobigliato da un letto monumentale, nel quale dormivano la madre con cinque bambini; gli altri (ve n'erano ancora tre) si coricavano per terra sopra un po' di paglia. Oltre il letto non c'era nella stanza che un armadio di pioppo dipinto in verde, un tavolino zoppicante, due sedie di paglia, un fornellino di cui si servivano per fare la polenta, e per riscaldare i ferri da stirare; quando l'accendevano lo portavano fuori per non riempire il vascio di fumo. Sulla parete, sopra il letto, era incollata un'immagine rappresentante la Madonna dei sette dolori; sotto l'immagine era accesa, giorno e notte, una piccola lampada di terra cotta. Non c'era sempre il pane nella casa, ma l'olio per la Madonna non mancava mai. La balia alla quale Grazia era stata confidata da mia moglie, m'avea scritto spesse volte (ho adesso le sue lettere) per chiedermi prima di tutto delle piastre, poi un corredo completo; dodici camicie, dodici fazzoletti, ecc., poi la rosetta, cioè un rosone di perle vere circondato da rubini o da smeraldi, che i nostri cafoni (contadini) appendono alle orecchie. La balia mi chiedeva ancora la collana, fatta con pallottoline d'oro e di corallo, il lazzetto, catena formata da anellini d'oro molto lunga da poter avvolgersi in tre, quattro fin a sette giri attorno al collo; la spadella, specie di pugnale d'argento che tiene fermo sulla nuca o sulla fronte le lunghissime treccie nere. La balia aveva inoltre bisogno d'un pettine d'argento dorato, voleva degli anelli per ogni dito, per ogni falange, una veste di velluto o di raso rosso o turchino con frangie a peneri e ricami d'oro, dei nastri, delle pianelle assortite, un grembiule di trina e che so io! il regalo di Pasqua, di Natale, quello degli anniversari, del vaccino, del primo dente, della prima veste! il tesoro di San Gennaro non avrebbe bastato a pagare tutto quanto quell'ingorda esigeva da me. Non ricevendo risposta essa aveva in breve divezzato la povera piccina affidandola ad una famiglia di pescatori che aveva già quattro fanciulle e tre ragazzi. In casa di chi non ha nulla, quando c'è da mangiare per sette ce n'è anche per otto; si accolse adunque Graziella e la si chiamò la fanciulla della Madonna. Eccovi, mio signore, chi è la ragazza alla quale volete offrire il vostro nome; se preferite ritirarvi siete ancora in tempo vi farò uscire per una via meno pericolosa di quella che avete scelto.

Io risposi al principe, che non sognavo affatto a ritirarmi; egli soggiunse allora in tuono più grave:

– Da parte mia non vi dico nè sì, nè no; io non ho nessun diritto sulla fanciulla della Madonna, e se essa vi ama, il che è possibile, io non voglio contrariarla. Può darsi che con voi sia felice, non so leggere negli astri, e non voglio perdere il tempo a prevedere l'avvenire; il destino umano è una sorte, e l'avvenire un buffone che s'è sempre burlato di noi. Il mio solo dovere è di avvisarvi che Grazia è una vera figlia del popolo. Quando la ritrovai per caso sul molo decisi subito d'adottarla, non avevo figli, e dovevo qualcosa alla memoria della mia povera moglie. Mi presentai adunque come il padre della fanciulla, e quei buoni pescatori lo credettero facilmente, tanto più che la balia aveva loro detto il mio nome, ed aveva loro annunciato che un giorno o l'altro mi sarei fatto vedere. Grazia mi fu dunque resa, e da allora si crede mia figlia, ma non ha mai sentito affezione per me. Voi sapete che nel mio paese il sentimento filiale è più rispettoso che nel vostro, ma la povera fanciulla esagera ancora di più questa venerazione, e mi parla troppo a bassa voce. Non ho mai potuto scoprire in lei un briciolo di tenerezza e nemmeno un po' di confidenza, e dovetti accorgermi fin dai primi giorni, d'aver condotto in casa un'estranea. Volli metterla in convento perchè s'istruisse; essa non potè imparare niente da quelle povere suore, esse pure molto poco istruite: soffrì degli accessi di disperazione, e sopratutto delle lunghe ore d'abbattimento. Una sera abbandonò il chiostro avvolta in una tonaca da francescano, e corse difilata, non qui, ma presso i pescatori del molo. Dopo questa scappata dovetti farla vigilare da una persona; le diedi per guardiana una vecchia serva di casa che ha molta affezione per me, e specialmente per la mia cucina; essa vede tutto, perfino il vento che passa, e mi dice tutto. In un paese come il mio, fare la guardia ad una fanciulla è un mestiere molto difficile! voi non potete immaginarvi che angoscia mi avete dato col fissarla due volte. Dovetti proibirle la vettura e la chiesa; dovetti far venire in casa il prete Don Gaetano che voi conoscete e che mi ha parlato molto di voi; vi vuol molto bene, benchè vi creda calvinista. Non ostante tutte queste precauzioni, Grazia s'annoiò qui come s'annoiava in convento; non fu felice che sul molo. Voi non avreste da dirle che una parola ed essa scapperebbe per la via del pozzo. Riuscirete voi meglio di me? Dio lo voglia! Una supposta paternità ha minor forza d'un amore sincero; voi avreste forse il potere di affezionarvela, di trattenerla, ma essa avrà sempre degli istinti volgari. Volli insegnarle l'italiano, impossibile; non si trova a suo agio che nel suo dialetto. Volli farla vestire da signora, fatica inutile: zoppica negli stivalini, soffoca in un corsetto, le sue belle manine sempre in movimento fanno scoppiare i guanti, o si informicoliscono, essa è nata per andare in gonna rossa, in camicia bianca, colla faccia color di rame, col corpo flessibile e diritto, coi piedi nudi sulla sabbia dorata nell'aria libera e nella luce.

Queste obbiezioni non fecero che avvicinarmi di più a Grazia. Quanto essa perdeva in nobiltà di natali, tanto più essa guadagnava per me in fascino. Era una poetica missione quella che mi sarei assunto, di coltivare quella pianticella selvaggia, sorta da sola sulla spiaggia del mare. Dichiarai al principe d'essere più che mai deciso a sposare la fanciulla della Madonna, e che ne avrei scritto il dì appresso alla mia famiglia. Io non temeva l'opposizione di mia madre che, come tu sai, viveva ritirata dal mondo, e ne avea ripudiato tutti i pregiudizi.

Il nostro colloquio si prolungò ancora molto tempo in quella bella notte insonne: il principe avea potuto informarsi di me dal nostro ambasciatore che conosceva da gran tempo e col quale aveva ogni otto giorni delle segrete conferenze politiche, egli divenne con me molto espansivo, quasi affettuoso e mi disse molte cose sugli affari del mio paese. Parlavamo già come vecchi amici, quando uno spettacolo meraviglioso ci fece tacere: la luna apparve tutto ad un tratto sulla china del Vesuvio, e s'offerse al mio sguardo una scena che non dimenticherò mai. L'ombra svanì tutto ad un tratto fino all'estremo lembo dell'orizzonte, la città pareva formata nella neve, i quartieri più alti s'incurvavano in gradini d'alabastro, le cupole ed i campanili scintillavano e si sarebbero detti inargentati, mentre l'isola di Capri sembrava un immenso blocco venuto da Paros o da Carrara che cospargesse d'una polve di marmo la superficie del mare, liscia, lucente, dardeggiante qua e là dei lunghissimi lampi.

Dalla città non saliva nessun rumore, non soffiava dalla spiaggia la brezza più leggera, pareva che in quella bianchezza trasparente la natura e gli uomini trattenendo il respiro si fossero addormentati. Per la prima volta in vita mia, perfettamente calmo, non chiedendo niente di più, niente di meglio, abbandonato al fascino di quella notte di silenzio e di luce, mi sentii completamente felice, ebbi la piena e profonda sensazione della beatitudine infinita.

Allo spuntar del giorno (la luna brillava ancora e prendeva i colori dell'alba) s'aperse una porta a vetri, comparve Grazia in abbigliamento da notte, aveva i capelli sciolti, i piedi nudi; ed un gran sciallo rosso di lana girava attorno al suo corpo a guisa di gonna. Vedendomi vicino al principe essa mandò un grido, si coperse il viso colle mani e volle fuggire.

– Vieni pure avanti, siamo tra amici, – le disse cordialmente il gentiluomo.

E prendendo Grazia per un braccio la condusse verso di me, ed aggiunse in puro dialetto napolitano:

– Questi ti vuole per sposa, lo vuoi tu per marito?

Ella scoperse il volto ch'era tutto un sorriso, e coll'occhio sfavillante, le narici dilatate, le labbra aperte, le gote con due graziose pozzette, i denti bianchissimi, lasciò udire un grido di trionfo o piuttosto uno scoppio, un inno d'allegria.

– Pigliatillo, – riprese il principe, mettendo le mani di Grazia nelle mie. – Essi, erano allegri tutti e due come in uno scioglimento di commedia; io, avevo le lagrime agli occhi.

V.

Il dì appresso scrissi a mia madre. Se ti mandassi la sua lettera, tu saresti felice, avresti belle e fatte le dieci migliori pagine del tuo romanzo; ma mi spiacerebbe vedere pubblicata quella lettera. In sostanza, ecco quello che diceva mia madre:

«Io non ti rifiuto il consenso. Dio sa quello che fa, e fa sempre le cose per bene. Io non respingerei una donna dalla mia casa, perchè la madre l'ha respinta dalla sua. Se Grazia è il frutto d'una colpa, essa ne è innocente e solo Dio ha diritto di punire sul figlio la colpa del padre. Anzi, se è come tu mi scrivi, io trovo in lei un fascino singolare, e capisco come tu possa amarla. Non chiedo ciò che ne dirà il mondo, io sono certa che i nostri amici, i soli che mi premono, accoglieranno bene la donna che tu hai creduta degna di portare il tuo nome, io temo soltanto per te e per lei. Si troverà essa bene colle tue abitudini, e ti troverai tu bene colle sue? Ecco ciò che m'impensierisce, tu sai che i vecchi vedono tutto triste, scorgono prima le ombre ed i punti neri.

«Vuoi tu passare la vita a Napoli sul molo in mezzo ai pescatori ed ai marinai? sei tu nato per gettare la rete e stringere il remo? Il tuo spirito è stato coltivato, hai preso dall'infanzia dei gusti e delle abitudini piuttosto signorili; abitudini e gusti che diventano una seconda natura, e dei quali non ci si può più disfare alla tua età; e temo che non riusciresti che un cattivo lazzarone.

«Tu vorrai dunque condurre tua moglie a casa tua. Sarà ella felice? Ha bisogno forse dei nostri salotti? dei nostri libri?

«Tu m'hai descritto la baia di Napoli; ebbene sai quello ch'io vedo in questo momento dalla finestra, in questo mese di settembre che ha tanto bisogno di sole? Un cielo già bigio, un vento già freddo, ier l'altro ha nevicato sui monti, scorgo già alcune foglie che ingialliscono, altre che cadono, stamane il fiume scompariva sotto la nebbia. Oh! m'immagino quello che pensi; tu dici certo a te stesso che due esseri che si amano stanno bene dovunque, quando sono vicini; e che non c'è sole nè nebbia, che tutto è un'illusione. Lo ammetto; si dice questo per un sei mesi, ma poi la nascita, la natura, riprendono i loro diritti, e ci si sente addosso un'afflizione, un desiderio del tempo passato e la nostalgia, quando un legame ci ha uniti oramai per tutta la vita. Ti dico, lo so, delle cose che non capisci, e sono sicura

20

che mi darai torto; ma se avessi ragione? Se tu lo riconoscessi troppo tardi? Perchè precipitare le cose? Vuoi ascoltare il consiglio d'una vecchia, o per meglio dire, il consiglio d'una vecchia madre che sogna unicamente la tua felicità? Conducimi qui quella fanciulla, verrei io da lei se potessi. Tu troverai facilmente una buona persona che la voglia accompagnare nel viaggio, quando il principe stesso non desideri incaricarsi di ciò.

«Ma, in confidenza, mi pare che quel tuo principe abbia molta fretta di liberarsi di Grazia. T'ha parlato da galantuomo, t'ha detto su per giù quello che t'ho detto io, con un po' più di parole; credo che in fin dei conti abbia i miei scrupoli, ed i miei dubbii. Avrei soltanto avuto piacere che si fosse adirato un po' con te. Si sarebbe adirato senza dubbio (pensa e pondera queste parole) se Grazia fosse stata sua figlia. Te lo dico francamente, la tua scalata non mi piace; devo rimproverarti io dacchè altri non l'ha fatto.

«Il principe si occupa soltanto di politica, s'è certo pentito più d'una volta d'essersi messo sulle braccia quella fanciulla. T'ha fatto lealmente qualche obiezione, ma è contentone che tu sposi la fanciulla della Madonna, ha gran fretta che tu te la porti via, perchè allora potrà darsi corpo ed anima a combattere il governo. Trovami dunque una qualche governante (perchè no Gelsomina?) che protegga agli occhi del mondo la giovane, protetta molto meglio, lo so, figlio mio, dal tuo onore. Io la riceverò come una figlia. La terrò con me un sei mesi, e dopo se vorrà resterà con noi, se non lo vorrà sarà di nuovo libera, e potrà ritornarsene a Napoli.»

Io mostrai quella lettera al principe che la trovò in tutto e per tutto sensata; e rise molto per le parole di mia madre a suo riguardo.

– M'ha indovinato, – gridò. – Ah! le donne ne sanno sempre più di noi! – ed aggiunse dopo una pausa, questa frase, che ho trovata stranamente vera:

– Massime le donne oneste.

Grazia s'imbronciò, quando le si parlò di andare in Francia; non ne comprendeva la ragione, che non si poteva del resto spiegarle, e non ammetteva che quando si aveva sottomano l'uccellino blu si tardasse a pigliarlo, a rischio che prendesse il volo.

Mi fece perciò più d'una scenata, in cui volle aver sempre l'ultima parola: la collera le stava bene; si irritava con molto impeto, e con molta grazia.

– Mia madre vuol conoscerti, – le dissi.

– Essa mi conoscerà tua moglie.

– E se tu le spiacessi allora?

– E se io le spiacessi adesso?

Ella batteva i piedi con impazienza, si agitava con certi movimenti, di testa, di braccia, che la facevano seducente ai miei occhi; io del resto la pensavo come lei, e mi sarebbe parso insensato il consiglio se non fosse venuto da mia madre. Ci volle un ordine formale del principe, perchè la fanciulla si decidesse a seguirmi. Quanto a Gelsomina, essa non si fece tanto pregare, le avevano detto il più gran bene della cucina francese, io le promisi un bel gruzzolo di danaro capace di vincere le esitazioni di Tortaniello. Sollecitai la partenza più che potei, con le mille formalità che bisognava adempiere a quel tempo. Napoli era allora per i napolitani ed anche per le napoletane una specie di bagno penale;

il governo temeva le evasioni. Ottenni per Gelsomina un passaporto inglese nel quale era iscritta come una signora di Malta che viaggiava con sua figlia; si dovette svaligiare una confettureria per far accettare questo travestimento alla povera governante, che ci teneva alla sua qualità di ragazza.

– Ma so' zitella, – mi diceva con accento addolorato.

Infine tutto andò per il meglio, ed al 20 settembre ci imbarcammo sulla Maria Cristina, battello a vapore napolitano. Il principe non ci accompagnò fino a bordo, non volendo esser ricondotto a terra fra due gendarmi. Io mi staccai con dolore da quell'uomo eccellente al quale mi ero molto affezionato; era d'ingegno assai sottile, filosofo, scettico, non credeva alla perfettibilità umana, più che al miracolo di San Gennaro, inoltre era filantropo e liberale: accomoda tu come puoi questi contrasti. Spese somme pazze per i poveri, e rischiò più d'una volta la vita, e perfino la libertà, per riformare lo stato politico e sociale del suo paese. Aveva stabilito una filatura sulle rive del Sarno, e decifrava le iscrizioni osche; ciò che esecrava più di tutto era il tabacco da fumare, il poter temporale del papa, e i tedeschi.

In settembre, i battelli a vapore che abbandonavano Napoli erano poco carichi. Le persone del paese non viaggiavano, – te ne dissi il perchè; – gli stranieri poi non potevano partire, non essendo ancora giunti; arrivavano appena in ottobre. La poppa della Maria Cristina era dunque tutta per noi soli. Io mi aspettava da questa traversata un seguito non interrotto di gioje. Per quattro intere giornate, avrei dunque potuto parlare a quattr'occhi, «a cuore a cuore con Graziella mia», come diceva una canzone del paese. Contava di distrarla e d'istruirla. Civitavecchia, Livorno e Genova, dove bisognava discendere, dovevano esser per lei luoghi interessanti; speravo più d'ogni altra cosa di poterle dire teneramente quello che avevo imparato dai miei autori preferiti. Non sorridere! io era sincerissimo, leggevo allora molte poesie francesi ed italiane, che insinuavano nelle mie emozioni più vere un certo numero di reminiscenze; nessuno potrà immaginarsi quanti amanti furono creati da Petrarca e da Lamartine. Ma le cose del mondo non vanno mai come si spera. Quando levammo l'áncora il tempo era magnifico, si navigava sopra un mare tranquillo come l'olio, ed io era solo vicino a Grazia. Gelsomina era andata ad informarsi dell'ora nella quale ci saremmo messi a tavola. Costeggiare così Napoli dal molo a Posilipo, e vedere quell'anfiteatro elevarsi di gradino in gradino sopra il verde delle colline, l'azzurro del cielo e del mare, poter beare così gli occhi presso una fanciulla bella come la notte, che vi ha promessa la sua vita, che vi ha dato il suo cuore, era una festa da innamorati che non m'avevo potuto sognare prima. Grazia, rannicchiata su un banco, colle braccia incrociate sul petto, il mento sul rovescio d'una mano, teneva gli occhi rivolti alla città, che s'allontanava dietro di noi. Mano mano che un edificio si vedeva spofondarsi nell'orizzonte essa mormorava tra i denti: «Addio, mio bel campanile del Carmine! addio mia grande lanterna del molo! addio, Castelnuovo, addio palazzo Reale, addio Santa Lucia, addio Sant'Elmo! Ecco il forte dell'Ovo, vi sono nei sotterranei molti prigionieri sotto il livello del mare.... essi sono ben fortunati, essi rimangono!»

Mio caro amico, tu non saresti un uomo, cioè un sincero egoista, se non sentissi l'impressione sgradevole che producevano in me i rimpianti di Grazia. Mi pareva un'impertinenza che ella avesse in quell'ora emozioni, pensieri che non fossero i miei. Ella continuava tuttavia nel suo monologo, come se mormorasse tra i denti un rosario, senza mostrare d'accorgersi che era ascoltata. «Ecco la Villa, diceva, non vi udrò più la musica. Ecco Mergellina col palazzo, la fontana del Leone che ha l'acqua tanto buona; Dio sa che acqua dovrò bere adesso! La villa Barbaja, il palazzo della regina Giovanna: annegava tutte le mattine lo sposo del giorno prima: aveva ragione. Ecco lo scoglio di

Frisio dove si mangiano i vermicelli colle ostriche. Ah! come è bello! come è bello!» E canticchiando poi una canzone allora nuova:

Al mar che l'inazzurra

Posilipo è curvato

Bello come un frammento

Dal ciel staccato.

In questo momento udii dietro a me una chitarra, che accompagnò questa cantilena, poi una voce conosciuta che intuonò la seguente strofa:

A chi, mia Napoli, – ti vide un dì

Il paradiso – tutto s'aprì.

Terra di canti, – terra d'amori

La bella Napoli, – vedi, e poi mori.

Era Tortaniello. Non l'avevo salutato prima di partire: dove trovarlo? Non abitava in nessun luogo e dormiva dove gli capitava, in una barca, in un casotto, in una stalla, quando era freddo, e sulla sabbia della spiaggia quando era caldo. Egli del resto conosceva abbastanza il viver del mondo per non venirmi tra i piedi quando potevo far senza di lui, o come diceva, quando non c'era niente da fare. Aveva saputo da Gelsomina la mia partenza, e non venne a trovarmi perchè contava di partire con noi. Lo faceva per devozione verso di me per interesse personale, per curiosità o per capriccio? Chi lo sa! Forse per tutto ciò. Fatto si è che s'era arruolato marinaio sulla Maria Cristina. Venne improvvisamente a soprenderci e fu il benvenuto. Benvenuto per tutti tre: prima per me, che m'ero sinceramente affezionato a quel giovinotto, ai suoi difetti come alle sue buone qualità, essendo queste rare, quelli piacevoli, poi per Gelsomina persuasa in buona fede che il lazzarone fosse innamorato di lei; egli lo lasciava credere, un po' per bontà, un po' per furberia.

Ah! le vecchie, le vecchie, signor mio,

Portano chi le porta, e lo so io,

ripeteva spesso Tortaniello. Il detto non era suo, ma d'un poeta toscano, e introdotto a Napoli dalla stampa clandestina. Finalmente l'arrivo di questo giovine rallegrò immensamente Grazia. Essa l'aveva appena visto confusamente ad una grande distanza, quando da un terrazzo all'altro, lei e lui si erano compresi così bene coi gesti. Poi lo conosceva anche in grazia mia; ella sapeva quanto dovevamo all'allegro e astuto compare, ed aveva riso sgangheratamente udendo il suo nomignolo: Tortaniello. Vedendolo adesso, Grazia ritornò allegra come se fosse rientrata a Napoli. Io fui lieto dapprima; non doveva esserlo a lungo.

La traversata durò molto e fu penosa. Durante l'equinozio d'autunno, il mare ha più furori, più capricci che mai; dopo superato Nisida, il vento si fece improvvisamente freddo, e diventò fortissimo tra Ischia e la costa. Grazia, che soffriva molto il freddo, entrò nella sua cabina, s'avvolse in un gran sciallo rosso che le serviva, a seconda del bisogno, da gonna e da mantello, e s'addormentò cullata dalla burrasca. Tortaniello era andato dove i suoi doveri di marinaio lo chiamavano. Gelsomina aveva mangiato troppo e si sentiva il mal di mare. La feci coricare nella mia cabina perchè lasciasse dormire in pace la sua padrona, ed io rimasi solo sul ponte, disteso sopra un banco, non essendo possibile reggersi in piedi sulle tavole agitate; il bastimento barcollava in tutte le direzione; contemporaneamente avevamo pioggia, vento, lampi e saette; larghe onde spumose passavano sul ponte e ne spazzavano via i sedili. Sotto di me, nella dispensa, udivo uno strepito di bottiglie, di piatti, che sbattevano uno contro l'altro; sulla mia testa vedevo il cielo agitato quanto il mare, le nubi roteavano come vortici di fumo, di tratto in tratto s'infiammavano, da sembrare vomitate dal cratere capovolto d'un Vesuvio. Poi, tutto tornava oscuro e non si vedeva più nulla; si poteva credersi chiusi di notte in una camera, senza finestre, senza luce. A pochi passi da me, Tortaniello parlava col capitano; non lo riconobbi che alla voce.

– Come andiamo, signor comandante?

– Male, figlio mio, – rispose il capitano.

– Avreste un sigaro?

– Prendi, fuma, non so se fumeremo domani!

– Lassa fà a Dio, – disse Tortaniello, ravvivando con una aspirazione prolungata il fuoco del sigaro, che gli illuminò vivamente la faccia. Egli era raggiante; fa tanto piacere una fumatina.

Ciò che predominava in quel giovane era la spensieratezza. Non pensava mai alle cose del dì innanzi e non rimpiangeva il passato. All'avvenire poi, Tortaniello non pensava che di settimana in settimana, tra il giorno che metteva al lotto, e l'estrazione del sabato. Il banco del lotto era la sua cassa di risparmio; vi metteva una piastra o due alla settimana, e perfino cinque o sei, quando gli capitava sotto le unghie un qualche inglese. A questo sperpero stravagante, era guidato più dall'immaginazione che dalla cupidigia, vi cercava più l'emozione del gioco d'azzardo, che un fortunato guadagno. Se gli avessero detto: – Tortaniello, tieni il tuo denaro, lavora sei mesi e guadagnerai certo il doppio di quello che potresti guadagnare al giuoco del governo, egli avrebbe risposto: – Non m'importa guadagnare con sicurezza, preferisco perdere rischiando. – Fatta questa concessione alla speranza, non aveva nessuna ambizione: era convinto che un piglia val più di due te lo darò! che bisogna mangiare il pane finchè è fresco, e non aspettare quando non vi saranno più denti a godere dei festini di Baldassarre. Per questo egli non aveva paura nè di calci, nè di burrasche; i pericoli erano per lui cose immaginarie, e siccome si trovava troppo bene a questo mondo per aver voglia di andare all'altro, pensava che chi ha senno non deve crucciarsi per cose fortuite, quali sono la fame, la peste e la morte. Era profondamente convinto di dover gustare il presente, e procurarsi ad ogni ora del giorno la massima quantità di soddisfazioni colla minor fatica possibile. Del resto lassa fà a Dio, diceva, e fumava tranquillamente, mentre il capitano aveva paura.

Tutto ad un tratto un'onda enorme ci prese di fianco e ci spinse tanto in alto che mi parve si abbandonasse il mare; subito dopo la nave si immerse in un baratro talmente profondo che provai una stranissima sensazione; mi pareva di esser rimasto sospeso in aria sopra il ponte che si sfondava. Nello stesso tempo ricevetti una forte doccia di spuma, ed udii sulla mia testa come uno strepito di molti fucili, crepitanti in un fuoco di Bengala.

– Neh, capitano, ci siamo? – chiese Tortaniello.

– Noi siamo invece salvi – disse il capitano, che chiamò il suo luogotenente, ed andò a coricarsi.

Il vecchio marinajo non aveva che un timore, che si fosse cioè gettati contro la costa, dall'impeto della bufera. Orbene, adesso potè scoprire, alla luce d'un lampo, che la sua manovra era riuscita, noi avevamo preso il largo e si era a quaranta miglia dalla costa. Però la tempesta che non si quietò prima della fine della traversata, doveva costantemente condurci fuori di strada. Invece di sbarcare prima a Civitavecchia, poi a Livorno, poi a Genova, abbiamo dovuto fermarci davanti l'Isola d'Elba a Porto Longone, dove restammo al sicuro per qualche giorno. Il male non era grande, non avevamo nè passaggeri, nè merci, pei porti del litorale. Il capitano aveva adunque potuto allontanarsi, senza darsene troppo pensiero, dalla costa e dire a Tortaniello colla massima pacatezza: – siamo salvi.

– Poichè siamo salvi, – gridai io al lazzarone, – dammi il braccio ed andiamo a vedere le donne.

– Andiamo, – rispose, – io posso reggermi, sono avvezzo all'ondeggiare della nave.

E non senza vacillare un poco, mi condusse alla porta della mia cabina. Gelsomina pareva morta; non risuscitò che a Porto Maurizio, dove ebbe il coraggio di mettersi subito a tavola. Ma che orribile pranzo fu quello per lei! Non c'era nè olio, nè strutto; tutto era cotto col burro! Nè maccheroni, nè lasagne, nè soffritto, nè fecatiello, nè baccalà, nè frutti di mare! Essa imprecò contro il cuoco, contro la cucina francese, contro la Francia, contro il suo viaggio, e giurò che un'altra volta non la si piglierebbe più. Doveva infatti mantenere la parola.

Avendo verificato che Gelsomina era tranquilla, aprii un po' l'uscio della cabina di Grazia. Essa dormiva; niente s'era mosso intorno a lei; la lampada che pendeva da una parete era ancora accesa; la fanciulla avvolta nel suo sciallo rosso, cogli occhi chiusi, il respiro lento ed eguale, il braccio piegato che girava intorno alla testa, formava col guanciale uno strano cameo, dal profilo oscuro sopra un fondo bianco. Io chiusi la porta, e mi coricai al di fuori, per traverso, tra una coperta ed una materassa recatami da Tortaniello. E pensando di proteggere così la bella dormente, chiusi alla fine io pure gli occhi in un sonno profondo, ma che non fu di lunga durata. Fui svegliato in modo repentino dalla fanciulla impaziente, che scoteva, per uscire, l'uscio della cabina, tenuto chiuso dal mio corpo e dalla mia materassa. Essa riuscì alla fine ad aprirla, facendomi rotolare da una parte all'altra della sala, scoppiando poi in una sonora risata che mi fece rabbia: dovevo essere ben grottesco in quel momento, mentre non ancora ben desto, tutto bagnato, coi capelli fin sugli occhi, mi dibattevo sopra il tavolato umido. Niente era più naturale di questo scoppio d'ilarità, che non significava affatto antipatia, ma la nostra vanità francese ci fa credere fermamente che una donna non può più amarci quando ha riso di noi.

VI.

Durante la traversata, l'unico incomodo che fece soffrire Grazia, fu il freddo. Mentre ci avvicinavamo al settentrione, essa tremava. Sono convinto che questa sofferenza era in gran parte frutto di immaginazione; ed avrei potuto provarlo alla fanciulla, mostrandole un termometro; ma a che pro? i suoi dentini avrebbero continuato a battere anche a dispetto del termometro. Non abbandonava quasi mai la cabina, vi stava molte ore inginocchiata sul suo lettuccio, senza guardare nulla, cogli occhi immobili, fissi alle finestrine ovali schiaffeggiate dalle onde. Per distrarla le descrissi il paese dove si sarebbe andati a vivere, il castello tutto torricelle, il bosco di faggi e di quercia, la terrazza di castani, il fiume che scende sotto ai poggi verdeggianti, che pare una prateria semovente. Ella mi domandò se c'era un astrico, dei limoni, dei lazzaroni, il Vesuvio, il mare. Quando le risposi: «No, ma vi sono ben altre cose», essa mormorò: «Non è Napoli.» Quando le lodai Parigi e le sue feste, volle sapere se si sparavano dei petardi nella notte di Natale, se si facevano dei presepi nelle case, con dei fantoccini di terra cotta rappresentanti i pastori ed i Re Magi; se si incontravano in carnevale per le vie dei carri trionfali, con suvvi maschere che lanciano una gragnuola di coriandoli, manate di fiori, ai balconi affollati; se si mangiava il casatello (una specie di tortelli di pane, con ripieno d'uovo) a Pasqua, il pasticcio riempito di zeppole a San Giuseppe, se c'erano i predicatori all'aria aperta, agli angoli delle vie, e gli improvvisatori sul molo. Quando le confessai che non v'era niente di tutto ciò, essa esclamò in aria di motteggio: «E cosa c'è adunque in quel tuo paese?»

Noi non armonizzavamo più insieme, io non divertiva più la mia napolitana. Essa rideva soltanto quando Tortaniello era con noi; ed allora io la trovavo troppo allegra. Glielo dissi una sera, durante la nostra lunga fermata a Porto Longone, un seno profondo e pacifico, dove abbiamo avuto un mare calmo, dei giorni sereni, delle notti limpide. Da quel tempo sono oggi passati trent'anni; Obermann e Renato si leggevano ancora in quei tempi, come tutta la poesia e la prosa melanconica. Si era obbligati a trovare la vita triste, ed io m'ostinava a cercare le amarezze, perfino nelle capriole dei napoletani. Il cembalo, la chitarra, mi parevano lugubri, la musica mi rattristava. Tutti i suoi accenti sono sospiri, pensavo col mio poeta, nelle armonie di quelle note si sentono i lamenti. Non si può mai toccare con forza il cuore umano senza che ne escano lagrime. Anche la tarantella aveva per me «qualche cosa di serio e di triste», e quelli, ai quali essa metteva allegria non ne comprendevano il simbolo doloroso. Questo io tentai di spiegare a Grazia; essa alzò le spalle con impazienza, battendo i piedi colle sue pianelle di velluto. Poi tutto ad un tratto scorgendo un violinista ambulante che era a bordo: «Suona», gli disse, ed a Tortaniello: «Balliamo noi?» Levò i piedi dalle pianelle, sollevò le braccia facendo schioccare le dita per imitare il suono delle nacchere. I marinai napolitani della Maria Cristina avevano un cembalo, in un baleno tutto l'equipaggio fu in piedi, e fece un cerchio attorno ai ballerini. Al suono saltellante dell'archetto che si moveva sulle corde, e quelle del cembalo che faceva tintinnar come sonagli le girelline di metallo bianco, Grazia e Tortaniello si misero in movimento, e ci mostrarono non una tarantella da salotto, che è una leziosaggine elegante, ma quella delle vie, che è uno scoppio di gioia. Era anche per me un piacere vederli tutti e due, colle braccia sollevate o tese, andare in su ed in giù, cercandosi, sfuggendosi, inseguendosi o voltandosi le spalle, col corpo piegato all'indietro, perchè gli occhi potessero incontrarsi; poi uno in faccia all'altro colle braccia aperte volteggiando insieme, sempre più in fretta, agitando continuamente i piedi, le dita, gli occhi, le labbra, tutto il corpo, mentre il pubblico trascinato si agitava alla sua volta, cantava, batteva le mani e gettava in aria i berretti. Dovetti confermare che realmente questo ballo non aveva niente di funebre; osservai inoltre che era singolarmente pudico: i ballerini non si lanciavano come nei nostri valz e non si toccavano nemmeno la mano; questo riserbo mi fece piacere.

Il giorno appresso ero in vena poetica e chiesi a Grazia se voleva ascoltare alcuni versi del Tasso, il divino poeta del quale aveva visto la casa a Sorrento, ed il busto coronato d'alloro in un tempietto della Villa. Io pensavo che l'armonia di questi versi dovesse commuoverla, e m'aspettavo un successo di lagrime. Le recitai l'episodio d'Erminia; ella non ne comprese una parola. Per coglierne il senso, avrebbe dovuto mettere prima di tutto in prosa italiana le elisioni, le inversioni, le circonlocuzioni di quei versi ricchi di fronzoli, poi tradurre in dialetto napolitano la prosa italiana; sarebbe stato un lavoro troppo faticoso per lei. Mai un pescatore di Mergellina o della Marinella ha cantato i versi di Tasso presso la tomba di Virgilio; i viaggiatori che pretendono d'averli uditi sono degli sfrontati mentitori. Grazia, che aveva seguito la mia declamazione aprendo tanto d'occhi, mi lanciò, quando ebbi finito, questa frase sinistra: «Sarà bellissimo, ma non comprendo il francese». Poi, chiamando Tortaniello che passava colla sua chitarra, gli disse dolcemente: «Canta, tu.»

Tortaniello cantò la romanza in voga, Te voglio bene assai, che ha fatto poi il giro del mondo. Grazia diede in un dirotto pianto, e ripregò: «Canta ancora». Egli disse tutto ciò che sapeva: la Fenestra bassa, la Capuana, il Sogno, la Morte, e questa canzone dei pescatori, che ha in sè qualche cosa di orientale:

Vo' fa nu castellu a mmiezzu a mare

Tutto guernitu di penne di pavone

D'oru e d'argento ci farò li scale,

Di petre preziose lu barcone

Lu ti nci 'ffacci ti Donna riale

Ognuno gridarà: Spunta lo sole .

Grazia era inebriata, e dopo ogni canzone ripeteva sempre a voce più bassa: "Canta ancora, Aniello!" non volendo dargli in quei momenti di emozione il soprannome burlesco di Tortaniello. Essa si piegò verso di lui, cullata dalla musica del paese natìo, e finì coll'appoggiare la testa sulla spalla del lazzarone. Aveva gli occhi chiusi e pareva dormisse! ma alla fine d'ogni suo canto essa mormorava sempre più sotto voce:

– Ancora, ancora!

– Io non conosco più, – disse egli finalmente – che la canzone di Graziella.

– È la mia. Dimmela dunque!

Tortaniello cantò:

A core a core cu Raziella mia

Stava assettato a chillo pizzo là,

Lu patre asceva, e schitto 'nc'era a zia

Ma zitto zitto nce se potea parla.

La zia filava e poco nce senteva

E pe lu suonno lo capo le pennea,

Io la mannella de Nenna mia pigliava

Che non volea ma se facea vasà!

Essa cantava co chella bella voce

Lo mandolino io me mettea a sonà,

Essa dicea cantanno doce doce:

Aniello mio, io sempe t'aggio a amà,

La zia filava e poco nce senteva

E pe lu suonno lo capo le pennea,

Ma se intrasatto essa maje se scetava,

O locco subeto io me metteva a fà.

Per una sfortunata combinazione l'amante della canzone aveva nome Aniello.

Chi avesse visto il lazzarone, che era un bel giovane, mentre cantava e la bella ragazza assopita sulla sua spalla, avrebbe creduto loro due i fidanzati, tanto sembravano fatti uno per l'altro. Tu immagini certo i sentimenti che mi agitavano. Nascosi la collera, e non lasciai scorgere che il mio abbattimento; ma nessuno se n'accorse, e per quelle due anime che armonizzavano così bene tra loro io non esistevo affatto.

Il dì appresso volli prendere la mia rivincita, e proposi a Grazia di raccontarle una storia. Ella acconsentì di buon grado, ed io le raccontai, tradotto in dialetto napolitano, il romanzo Paolo e Virginia che so a memoria. Credevo col mio poeta, che quelli avvenimenti così semplici, la culla di quei due fanciulli, ai piedi di due povere madri, i loro amori innocenti, la loro crudele separazione, quel ritorno attraversato dalla morte, il naufragio, e le due tombe all'ombra dei banani che non racchiudevano che un solo cuore, fossero cose da esser comprese da tutti, tanto dal milionario nel suo palazzo quanto dal pescatore nella sua capanna. M'ingannai nuovamente; bisogna aver una mente educata per poter interessarsi all'idillio; i fanciulli, i popolani come pure i popoli giovani, preferiscono le odissee, le chansons de geste, i racconti delle fate, le avventure che non sono di tutti i giorni. Devo aggiungere che Paolo e Virginia, tradotto in dialetto napolitano, produce l'effetto più strano, più burlesco, massime la maniera di parlare dei personaggi.

Quando arrivai al punto che Virginia, richiamata in Francia, deve separarsi da Paolo e questi cerca di consolarla mostrandole il mare, Grazia chiese ad alta voce: «Perchè se ne andava?» Alla scena del naufragio, nella quale l'eroina preferisce morire, piuttosto che lasciarsi togliere il vestito, la Napolitana esclamò colla massima franchezza:

– Guarda che sciocca!

Essa non ne volle sapere di più, e volgendosi al suo amico Tortaniello, che era presente e che trovava Paolo un bell'asino, gli disse con una voce supplichevole:

– Racconta tu!

Tortaniello non si fece pregare, e ci declamò le alte gesta d'un montanaro lucano che aveva nome Scassabomba. Questo grand'uomo era venuto al mondo coi primi denti, ed ancora non aveva abbandonata la nutrice, quando schiacciò colle dita un serpente. A sette anni cacciava il cinghiale con una forca, a tredici s'innamorò della figlia d'un gendarme, e per entrare da lei, mentre il padre seguiva i malandrini della Lucania, si arrampicava fino ai rami d'un gran pino, da dove saltava sul terrazzo della casa. Un giorno il gendarme, avvertito da un traditore, apparve tutto ad un tratto ai piedi dell'albero, e scaricò tutte le sue armi contro il ragazzo, che si difese dapprima con funi lanciate così bene e con tanta forza, da respingere le palle; poi s'appese ad un ramo e si lasciò cadere con tanto impeto sopra il gendarme, che questi non si rialzò più. Allora, prese con sè l'orfana e riparò alla montagna. Per qualche anno egli fu un semplice brigante, e s'accontentò di aggredire i viandanti; poi fece amicizia con dei galantuomini disgraziati come lui, e con essi potè svaligiare le diligenze; finalmente, la banda ingrossando di giorno in giorno, diventò un esercito formidabile; egli ne fu il capo, e diventò la provvidenza del paese. In sette campagne distrusse tutti gli eserciti del re di Napoli. Era uomo scrupoloso che spogliava solo gli stranieri ed i ricchi; nutriva gli impotenti al lavoro e gli affamati, conosceva alcune erbe che guarivano tutte le malattie, persino la pazzia e l'amore. Quando due contadini avevano qualche contesa tra loro, andavano a consultarlo, e se ne tornavano riconciliati; i medici e gli avvocati non avevano che a morir di fame. Rispettava le donne, e restava fedele alla figlia del gendarme, che aveva sposato al convento della Cava; monsignor abate, che era suo amico, aveva benedetto il matrimonio, poichè Scassabomba era assai religioso: tutte le volte che uccideva qualcheduno mandava un pacco di ceri al suo patrono san Domenico, e nella banda aveva un monaco che confessava ed assolveva i moribondi. Teneva al collo, attaccata ad un forte collare di ferro, una medaglia d'argento, datagli da un eremita che aveva la barba bianca. «Finchè avrai addosso la medaglia, gli aveva detto quel sant'uomo, tu sosterrai soltanto cause giuste e vincerai i nemici.» Un giorno, la figlia del re passò dalla montagna: Scassabomba, in fretta in fretta l'arrestò, ma la trattò gentilmente, con tutti i riguardi. La tenne in una villa fatta di marmi d'ogni colore, come la chiesa di San Martino, la nutrì con fagiani che fece venire da Capodimonte, con maccheroni portati tutte le settimane da Gargnano, perchè fossero freschi. La principessa era servita in piatti d'oro, e non beveva che del lacrima cristi, in coppe di corallo.

Quindi Scassabomba scrisse al re chiedendogli un milione di zecchini per il riscatto della prigioniera. Orbene, la principessa aveva una carnagione bianchissima, ed i capelli biondi, perchè somigliava a sua madre, che veniva dalla Germania; ma tutte le donne di quel paese e di quel colore sono lussuriose e traditore. Frattanto (lasciando andare i particolari) una bella notte, non avendo potuto strappare il collare di ferro, essa tagliò l'anellino d'oro della medaglia e se ne partì immediatamente per Napoli con un traditore, suo complice, il sottocapo dei briganti. Da quel momento Scassabomba non fece che delle cattive azioni: ubbriacava i preti, tagliava la barba ai monaci, derideva i miracoli, e lasciava che i gendarmi inquietassero a loro agio la povera gente. Ne fu punito dalla giustizia divina: invece di mandargli un milione di zecchini, il re, che aveva maritata sua figlia col sottocapo brigante, nominato anche ministro delle finanze, mandò un milione di Svizzeri, avuti da suo cognato l'imperatore di Germania, contro lo sventurato Scassabomba. Queste truppe cominciarono a circondare le montagne, salirono poi da tutte le parti e finirono col trucidare tutti i briganti, ad eccezione di Scassabomba, che, in piedi sulla più alta roccia, spaventava ancora la moltitudine armata di fucili e di carabine. Gli fu promessa, se si arrendeva, non solo la vita e la libertà, ma anche la prefettura di Salerno; egli depose le armi, lo si caricò di ferri; fra quelli delle braccia e quelli delle gambe aveva addosso un peso di due quintali. Quindi fu chiuso in una gabbia con triplice inferriata, che si eresse sopra la terrazza più alta di Sant'Elmo; là si alzò un palco alto in modo che il popolo della città e della campagna potesse vederlo, quando la mattina appresso lo si avrebbe impiccato. Scassabomba sentì allora il desiderio di confessarsi, ma siccome nessun prete ardì avvicinarsi alla sua gabbia, dovette fare da solo le sue devozioni, e s'addormentò dopo aver detto il rosario.

Di notte ebbe una visione: gli apparve l'eremita con una barba bianca che arrivava fino a terra: «Scassabomba, gli disse, il tuo patrono san Domenico ha avuto pietà di te, in premio di tutti i ceri che gli hai dato; andò a pregare la Madonna, e la Madonna s'è rivolta a Sant'Ignazio, che ha adesso grande autorità in paradiso. Tu sei stato graziato; anderai nel castello di Quisisana, residenza della principessa, dalla quale ti sei lasciato sedurre, e le riprenderai la medaglia che t'ha rubato; così riavrai subito la tua potenza, e non farai più che sante azioni.» Dicendo queste parole, l'eremita disparve, saltando dal parapetto della terrazza.

– Ahimè! – pensò Scassabomba, – come potrò liberarmi io povero uomo coperto di catene, chiuso in una gabbia con triplice inferriata? come potrò andarmene da Sant'Elmo a Castellamare, per riprendere la medaglia a quella sirena che ha gli occhi azzurri e perfidi come il mare?

Mentre diceva queste parole, le sue catene caddero, la porta della gabbia s'aperse, egli sì senti diventare piccolo piccolo, più piccolo d'un bambino, più leggero dell'aria. I suoi vestiti s'erano dileguati come polve; egli girò ed abbassò la testa, e si trovò addosso delle belle penne lucenti che mandavano riflessi perfino nell'oscurità della notte. Insomma, per virtù di san Domenico, era stato cangiato in gazza, ed era la più bella gazza che mai si fosse vista in paese cristiano. Egli si spinse subito fuori della gabbia; volando sopra la città, poi sopra al mare, arrivò diritto al castello di Quisisana, le di cui finestre erano ancora aperte, poichè in quella casa tutti facevano di notte giorno. La principessa era sul terrazzino, e prendeva il gelato vicino al marito, il ministro delle finanze, che fumava un sigaro di quelli che si vendono a tre soldi in principio di via Toledo sul marciapiede di sinistra. Scassabomba si piegò sulla spalla di quella perfida donna e prima che essa avesse il tempo di dire: «Oh! la bella gazza!» egli le strappò gli occhi col becco, e le riprese la medaglia che aveva al collo, appesa ad una bella catena d'oro. Facendo questo, non smentiva il carattere delle gazze che sono ladre, e che vanno dietro alle cose lucenti; il ministro delle finanze fu molto addolorato della disgrazia della moglie, ma non gridò al miracolo.

Fatto questo, l'uccello ritornò nella gabbia di Sant'Elmo, e riprese la figura di Scassabomba; ma ora, colla medaglia, i ferri non gli pesavano più che dei fili di seta, cosicchè la mattina, quando i carnefici vennero in sette per condurlo al patibolo, egli li atterrò a colpi di catene, poi sradicò la forca, la brandì come una mazza, e si fece largo attraverso agli Svizzeri, che guardavano il forte. Tutti coloro che gli sbarravano il cammino cadevano come tante mosche. Egli precipitò nella città come un turbine; al suo avvicinarsi tutte le finestre, tutte le botteghe si chiusero; i passeggeri, smarriti riparavano negli androni, inseguiti da uno strepito formidabile; le vetture si voltavano e fuggivano in tutte le direzioni, in mezzo a vortici di polvere, quasi fossero spinte dai quattro venti del cielo; dovunque si gridava essere questo il giorno del giudizio universale, della fine del mondo.

Così Scassabomba potè giungere, senza ostacoli, in piazza del palazzo, dove piantò la forca tra i due cavalli di bronzo, poi ordinò con voce tonante al re di comparire sul balcone. Il re, pallido di paura, non osava mostrarsi; ma vi fu spinto dai cortigiani, che temevano crollasse il castello sotto ai loro piedi se non ubbidivano a quell'uomo terribile.

– Maestà, – disse Scassabomba, – eccoti le mie condizioni di pace. Ho da vendicarmi con tua figlia, col mio luogotenente, oggi tuo ministro delle finanze, e con te, che m'hai fatto del gran male. A tua figlia furono strappati gli occhi, ed è già punita. Il mio luogotenente sarà impiccato oggi davanti al tuo palazzo, su questa forca. Tu, sire, mi darai il milione che mi devi, e salirai in ginocchio fino al Santuario di Monte Vergine per domandare perdono alla Madonna del male che m'hai fatto.

Il re fu contento, perchè s'attendeva condizioni più dure. Mandò la principessa all'ospizio dei ciechi, ed il ministro delle finanze fu impiccato davanti il palazzo; il diavolo venne poi a prenderlo, e lo precipitò proprio nel fondo dell'inferno in mezzo al ghiaccio dove sono i traditori. Il re fece penitenza, e pagò il milione di zecchini coi quali fu fabbricata la chiesa di San Domenico maggiore. Scassabomba diventò priore del convento, dove morì da santo, e tutti coloro che d'allora in poi erano feriti dai birri o dai gendarmi, bastava che andassero a posare le loro ferite sulla sua tomba, per tornarsene risanati.

Questo racconto durò più d'un'ora (io non ne feci che un sunto) ed ebbe miglior successo del commovente idillio di Bernardino di SaintPierre. Grazia pendeva dalle labbra del narratore, che una volta impossessatosi dell'animo di lei, la cullava e la scoteva a suo piacimento, la infiammava, la faceva fremere, le arrestava il respiro, e le attraversava la vista con nubi, lampi o raggi di sole. – Se questo non è amore, cosa può mai essere? – pensai allora. – E rientrato nella mia cabina, singhiozzai come un fanciullo.

VIII.

Arrivammo finalmente a Marsiglia. La Maria Cristina, che per via aveva perduto molto tempo, doveva ripartire il dì appresso, e con essa se ne sarebbe andato anche Tortaniello. Ciò mi rassicurava; per riconquistare Grazia, io contavo sulle distrazioni di terraferma e più di tutto sopra la tenera e santa seduzione di mia madre. Avevo da sbrigare qualche affare, da far visita ad alcune autorità, da consegnare dei dispacci, da cercare e fissare una vettura, – allora non si parlava ancora di ferrovia. Pregai Grazia di aver un po' di pazienza e di non uscire; il primo giorno mi obbedì di buon grado. Il mattino seguente l'accompagnai a passeggio per le vie di Marsiglia, ma non vi trovò nulla di bello; soffiava un po' di vento, ed ella nella sua mantiglia tremava tutta. In questo frattempo, Tortaniello condusse in giro Gelsomina, liberandomi molto a proposito della compagnia di lei e di lui. Si tornò all'albergo verso mezzodì; era questa l'ora del pranzo in quella buona città, dove si pranzava, in quel tempo, due volte al giorno; dopo pranzo, Grazia mi chiese il permesso di ritirarsi; era stanca e desiderava fare la siesta; entrò nella sua camera e chiuse l'uscio internamente. Io uscii per sbrigare alcune faccende e fare delle compere; acquistai tante pelliccie e tante coperte da soffocare dal caldo in un carrozzone di terza classe in pieno inverno. Quando ritornai all'albergo, seguìto da un facchino carico dei miei acquisti preziosi, andai a battere alla porta di Grazia; non ebbi nessuna risposta. Battei con più forza, lo stesso silenzio: guardai attraverso il buco della serratura, la chiave era ancora dentro. Alquanto inquieto, girai la maniglia, la porta s'aperse subito; la camera era vuota. – Partita? – gridai. Due minuti dopo ero sul porto, e promisi un luigi ad un barcajuolo, se mi accompagnava a bordo della Maria Cristina. – Credo abbia levata l'àncora, – mi disse egli. – Andiamo egualmente. – Il brav'uomo fece forza attraverso alla confusione dei bastimenti che ingombravano il porto; fatica inutile; giunti all'aperto, appuntando il mio cannocchiale da viaggio, non potei vedere che un punto nero e un filo sottile di fumo nel lontano orizzonte.

Però dubitai ancora, e corsi all'amministrazione dei bastimenti napolitani. Mi fu mostrata la lista dei passeggeri che erano partiti sulla Maria Cristina. Gelsomina vi figurava con sua figlia; esse erano in piena regola, avevano mostrato il loro passaporto. Fortunatamente il telegrafo elettrico non c'era ancora in quel tempo, sarei stato capace di spedire telegrammi a tutti i porti del littorale mediterraneo e far arrestare i fuggitivi. Tu capisci la mia rabbia, la mia vergogna...., ma non è di me che si tratta in questa storia; nel raccontartela, non misi nessuna vanagloria; ne devi tu pure essere persuaso.

Scrissi subito una lettera furibonda, nella quale scagliai gli epiteti più ingiuriosi contro la fanciulla della Madonna, ed il suo infame rapitore. Anche stavolta m'ingannai, vidi male, fui ingiusto.

Il principe, che ricevette la mia lettera, avendola io messa in una busta dell'ambasciata, mi rispose a volta di corriere, sei grandi pagine riboccanti d'affetto, e di buon senso. Tortaniello, infatti, aveva ricondotta a Napoli Gelsomina e Grazia; non si trattava già di un rapimento, ma d'un'evasione, come la fuga dal convento. Ben lungi dal pensare a nascondere su un lido remoto una felicità di contrabbando, il lazzarone aveva ricondotto onestamente a casa la principessina, della quale, soltanto io, mia madre ed il principe conoscevamo il segreto. Tortaniello non s'era neanche sognato d'alzare gli occhi fino a donna Grazia, per la semplice ragione che i plebei napoletani avevano in quel tempo troppo poca invidia e ambizione, e sopratutto troppo pochi bisogni, per figurarsi tutti gli uomini eguali, e che una lucciola potesse diventare l'amante d'una stella. Il lazzarone aveva ricondotta la fanciulla dal principe, perchè essa ne l'aveva supplicato, assicurandolo che lontana da Napoli morirebbe di freddo e di noia. Grazia poi, non era ritornata all'ovile senza rimorsi; ella sentiva i suoi torti verso di me e mi chiedeva scusa; anzi, credendosi ancora impegnata, mi prometteva di restarmi fedele se volevo vivere con lei a Napoli. Da noi, in Francia, la vanità è più forte della passione; questo ci salva da molti spropositi. Del resto, dopo il trionfo di Porto Longone, non volli credere (oggi ci credo) all'innocenza dei due innamorati. Scrissi a Grazia che era libera, e consigliai il principe a maritarla con Tortaniello. Io credevo con ciò di vendicarmi crudelmente; m'ingannai ancora. Per seguir il mio consiglio i bei figliuoli della marina si sono dati la mano per la prima volta nella chiesuola di Napoli vecchio, inginocchiati davanti al padre Gaetano, che li benedì. La sposa ebbe una bella dote, che il signor Aniello (adesso lo chiamano così) non tardò molto a perdere al lotto; tuttavia vivono felici, ed io sono il compare del loro undicesimo figlio; vedi che la pace è fatta. Ma non è tutto; essi sono tredici a tavola, e vogliono ancora un bambino ed una bambina, e li avranno.

La povera Gelsomina fu irritata da questo matrimonio, e non volle più consolarsi del tradimento di Tortaniello. Morì qualche tempo appresso, la sera di Natale, per una indigestione di anguille. Il principe poi fu imprigionato, senza che gliene venisse data la ragione, nel 1847; nel 1848 lo liberarono per affidargli una delle prime magistrature del paese, e nel 1849 lo mandarono all'ergastolo. Fece testamento; lasciò erede di tutto il suo i poveri, e non diede un solo centesimo a Grazia, perchè il suo danaro non entrasse, per via del lotto, nella cassa del re di Napoli. Morì coi ferri ai piedi, dopo aver passato tre anni al bagno, non però tanto tristemente, poichè trovò là un compagno di pena molto dotto che gli insegnò il sanscrito. Poco fa si pose il suo busto all'Annunziata, che ora è un ospizio di primo ordine.

Io poi, fui a lungo il più infelice, o, per meglio dire, il più irritato degli uomini; tu m'hai visto in uno dei miei accessi di furore. Come tutti coloro che hanno avuto un rivale preferito, divenni scettico, sarcastico, imprecai contro tutte le donne. Ci volle molto tempo prima che la mia povera madre riuscisse a calmarmi ed a consolarmi. Mi ripeteva che avevo torto di essere addolorato; che non avrei potuto amare a lungo Grazia, che Grazia non avrebbe potuto mai comprendermi, e che era meglio, in ogni caso, essere disilluso prima che dopo, rompere a tempo piuttosto che troppo tardi. Mi parve allora questa una sapienza volgare; ma riconobbi più tardi col principe, che le donne oneste vedono le cose meglio di noi. Dio sa quello che fa, e fa tutto a fin di bene.

Arnaldo, è il più grande dei nostri amici: sarà alto due buoni metri. Mery che lo vide un giorno a Marsiglia, fece per lui un verso celebre:

Ei s'abbassa e raccatta l'uccel che va per l'aria.

Era cresciuto tanto presto, a vent'anni era così magro, aveva un portamento talmente brutto, la schiena incurvata, le ginocchia piegate e le gambe strascicanti, che noi lo mandammo in Italia. La sua capigliatura era fine e lunga, d'un biondo dorato, gli occhi erano celesti e guardavano sempre in aria. Era poeticamente malinconico e pieno d'illusioni, sognava Beatrice e imitava i versi di Lamartine. Quando tornò fra noi qualche anno dopo era un uomo sano e robusto, dalla barba ispida e folta. Aveva attraversato a piedi tutta la penisola, era salito pel primo da Courmayeur alla vetta del monte Bianco, e non ne aveva menato vanto sui giornali. Da allora, Arnaldo che non ha nè casa nè famiglia, viaggia tutto l'anno, passando a preferenza l'estate al mezzogiorno, l'inverno al nord volendo, come egli dice, visitare ogni stagione nella propria casa. Non guarda più sopra le nostre teste, ma ci rivolge, corrugando le ciglia, un'occhiata rapida, viva e penetrante. Come noi tutti, ha perduto lui pure le sue illusioni, ma ha troppo esperienza per rimpiangerle. È deciso ad adattarsi alle circostanze ed a non disprezzare gli uomini. Sta troppo bene, e non è abbastanza ambizioso da cadere nel pessimismo.

Parlavamo di lui, seduti sull'orlo d'un burrone, che il rompersi d'una morena aveva scavato, e formava una specie di ghiacciaio di sabbia, ineguale, tutto curve, e crepacci da cui s'innalzavano punte, e cocuzzoli, quando lo vedemmo comparire tutto ad un tratto in fondo al burrone: arrivava dall'Italia; aveva lasciato il suo equipaggio alla stazione di La Plaine e veniva a noi attraverso le montagne per la strada più corta e più cattiva. Noi lo salutammo con un'energica acclamazione, ma Renzo solo discese ad incontrarlo; Renzo era un birichino di dieci anni, che non temeva nè di rompersi l'osso del collo, nè di interrogare le persone. Quando fu vicino ad Arnaldo gli chiese senza tanti preamboli:

– È vero, signore, che lei fu brigante?

– Sì, mio caro.

– Mi racconti in che modo, la prego.

– Subito, – rispose Arnaldo, e accomodò il fanciullo sulla sua spalla e salì a noi senza scomporsi troppo. Pareva che camminasse sull'asfalto del boulevard.

Dopo colazione Arnaldo mantenne la promessa, ma Renzo non si divertì e s'addormentò profondamente; questo serva di norma al lettore; il racconto non è adatto ai ragazzi e meno ancora alle ragazze.

I.

Quattro anni di vita in Italia, cominciò Arnaldo, mi avevano resa la salute: mi trovavo a Roma in uno degli anni tra il 1860 ed il 1865, era primavera; vi chiedo il permesso di non precisare le date. Ero spesso con dei cardinali, con degli exufficiali di Lamoricière, con alcuni gentiluomini siciliani, tutte persone sfaccendate che amavano divertirsi, ma devote e legitimiste. Io acquistai le loro opinioni per non perderle che molto tempo dopo, mi trovavo allora in un'età nella quale si è assolutisti perchè non si hanno grandi viste; amavo del resto i vinti e le duchesse. Cercavo emozioni, bruciavo dalla voglia di segnalarmi con imprese gloriose, in un costume pittoresco. Avevo fatta la conoscenza di un belga e di un tedesco che avevano lasciato il loro paese per andar a conquistare il regno delle Due Sicilie. Il primo era un giovanotto convinto, sentimentale, che se ne stava delle buone ore in disparte, cogli occhi fissi su una ciocca di capelli biondi; l'altro aveva quattro decorazioni e faceva stampare dei proclami realisti. Mi presentarono ad un comitato di prelati e di ufficiali superiori che sedevano dietro una lunga tavola sotto la presidenza d'un generale. Al mio ingresso quei personaggi continuarono la loro conversazione; disputavano sull'opera della sera prima. Dopo un quarto d'ora il generale inasprito dalla discussione voltò le spalle all'arcivescovo e ci chiese cosa volevamo. Io fui presentato quale volontario francese, che desiderava rimettere Francesco II sul trono di Napoli; il generale torse il muso e ci dichiarò che il comitato non aveva più danaro. – Io non ne domando, – gli dissi con alterigia; – ne porto.

Immediamente la faccia del guerriero si fece raggiante, i tratti del viso che erano rivolti in basso si sollevarono; i suoi mustacchi che parevano un sesto acuto, si rialzarono allegramente come il tetto d'una pagoda chinese. Egli mi conferì su' due piedi un brevetto di maggiore, e mi alleggerì d'un migliaio di franchi. Questo danaro, del quale mi diede ricevuta, era rimborsabile cogli interessi dopo la restaurazione di Francesco II.

Quindi ci separammo, uno andò da una parte ed uno dall'altra, per servire il trono e l'altare; il Belga colla sua ciocca di capelli, il Tedesco coi suoi proclami e col suo bastoncino.

Seppi che un comandante spagnuolo, vecchio carlista, accampava alla frontiera con un esercito; mi presentai a lui col mio brevetto di maggiore. Lo trovai solo in una casa rustica; era sabato sera e l'esercito in libertà s'era sparpagliato per le osterie e pei casali vicini. Scopersi più tardi che l'esercito si componeva di duecento e cinquanta uomini, quasi tutti ufficiali superiori. I soldati semplici, poco numerosi, non servivano che a lustrare gli stivali. Lo spagnolo m'accolse abbastanza male a cagione del mio brevetto; non aveva battaglioni da offrirmi. Io mi dichiarai disposto a seguire come semplice soldato la prima spedizione; mi rispose, un po' imbarazzato, che acconsentiva volentieri. Stava scandagliando un fiumicello che separava lo Stato pontificio dal Regno delle due Sicilie. L'operazione durava da più mesi, e si era lontani le mille miglia dal fare la spedizione. L'esercito non vi credeva più, fumavano tutti e giuocavano alle carte. Questo lo seppi da un cappuccino, che mi fermò senza complimenti appena ebbi lasciato lo spagnuolo.

– Voi non mi conoscete, – mi disse egli, – io fui servitore di piazza a Napoli, e quattro anni fa vi condussi al Vesuvio ed a Pompei.

– Piriquacchio! – esclamai.

– Proprio lui! Io era già nell'ordine e mi camuffavo da cicerone per semplice curiosità, volevo vedere se gli stranieri erano fatti come noi. Voi m'avete piaciuto perchè ammiravate senza consultare la guida. Allora eravate malato, vi predissi la guarigione andando ogni mattina a piedi a bere dell'acqua fresca alla fontana di Mergellina. Avete seguito il mio consiglio, e ne foste contento. Ed ora venite con me all'osteria, c'è della selvaggina e del vino d'Orvieto, qualche cosa di buono, ve ne do la mia parola.

Seguii l'excicerone Piriquacchio, in religione padre Giacinto.

Era un bell'uomo di trent'anni, con una lunga barba; ben tonsurato, molto colorito in volto, aveva lo sguardo d'un giudice istruttore, ma la bocca sorridente e cordiale. Non mi ingannò, tanto il vino che la selvaggina erano eccellenti.

– Voi volete adunque, – mi disse, – combattere il Piemonte. La vostra è un'idea come un'altra, non voglio distorvi dal vostro proposito, perchè al mondo va bene provar tutto, e perchè le fatiche e i pericoli portan profitto. Non avete nè moglie, nè madre, nè sorella, andate dunque e Dio vi accompagni. Io non faccio mai questione di partito; la vita m'ha provato che le opinioni di ciascuno sono tante maniere particolari d'ingannarsi; vi dico solo che se volete combattere non dovete restarvene qui. Lo spagnolo non scandaglierebbe tanto il fiume se avesse la minima intenzione di attraversarlo, voi rischiereste di starvene in questo sito tutto l'anno, colle mani in mano, esposto a tutte le noie, a tutti i pericoli di un ozio malsano. Badate dunque a me, passate la frontiera e raggiungete una delle comitive che battono la campagna. Vi accompagnerò io stesso, e partiremo, se volete, domani sera. Vi presenterò ad un capo mio amico, buon giovane se si vuole, benchè sia innamorato cotto d'una fanciulla di nome Carmela, che gli farà passare dei brutti quarti d'ora. Proverete delle emozioni, e vi divertirete, vedrete delle cose nuove per voi, e l'aria buona dei monti respirata a larghi polmoni vi darà salute per cent'anni; guardatevi però dall'osservare troppo Carmela.

Io non faccio che riassumere qui le parole del padre Giacinto che parlava volentieri, e cospargeva i suoi discorsi di riflessioni morali. Mi guardai bene dall'interromperlo, perchè mi insegnava molte cose ed aveva una folla di teorie che mi davano a pensare; ma tutto ad un tratto l'orologio del vicino villaggio che annunciò non so con qual rumore che mezzanotte stava per suonare, gli tolse la parola. Immediatamente il cappuccino si mise a mangiare ed a bere con un'avidità che m'impaurì; io tentai invano di rallentare la foga impetuosa delle sue mandibole. Mi fece segno di tacere, o piuttosto di non forzarlo a parlare. Suonò mezzanotte, ed egli s'arrestò di colpo colla bocca aperta e colla forchetta in aria.

– Eccoci a domenica, – mormorò; – ho da dire la messa e bisogna che la dica a digiuno, come prescrive la regola.

A sera partimmo. Traversammo a piede asciutto il fiume che lo spagnolo stava scandagliando: non potei scorgervi una goccia sola d'acqua. Il viaggio fino a mattina fu una vera gita di piacere; ci inoltrammo per sentieri montuosi, in una temperatura fresca, sotto un cielo stellato. All'alba arrivammo ad una strada maestra; il padre Giacinto s'arrestò davanti ad una croce ch'era ivi per fare le sue devozioni. Io non volli disturbarlo; continuai il cammino a passo lento, poi svoltai a sinistra dove la strada faceva un gomito, e giunto ad un bellissimo ponte che scavalcava un fossato, distesi la mia carta sul parapetto per sapere dove eravamo. Fui distratto durante questa operazione da uno scoppiettare di fucili; alcune guardie nazionali allineate alle due estremità del ponte mi prendevano di mira, e l'ufficiale mi gridava: «Faccia a terra!» Mi credei perduto. Ero vestito da brigante di melodramma, avevo una rivoltella alla cintura, ed una carabina in spalla, mi trovavo solo, anzi peggio, con un monaco probabilmente sospetto, in un paese sottomesso al re di Piemonte, portavo il brevetto di maggiore al servizio del re di Napoli. Io ebbi allora, per usare una frase rettorica, l'eroismo della disperazione, incrociai le braccia sul petto e gridai: Fuoco! Soltanto più tardi pensai che questo eroismo non m'esponeva a nessun pericolo, le guardie non avrebbero potuto obbedire al mio comando che tirando le une contro le altre. Il cappuccino che aveva terminate le sue devozioni, si precipitò verso di noi agitando le braccia e gridando con quanta forza aveva:

– Fermatevi, disgraziati, quel signore è con me.

– Padre Giacinto! – esclamarono i cittadini armati, ed alzando i fucili s'affollarono attorno al monaco, baciandogli le mani, le maniche ed i lembi della tonaca, poi l'ufficiale mi s'avvicinò, si stemperò in scuse che non compresi, perchè s'ingegnava a farmele in francese. Io compresi meglio i suoi gesti: mi lanciò dei baci inchinandosi fino a terra. Quelle buone persone vollero accompagnarci fino ad una borgata dove ci costrinsero gentilmente a mangiare con loro delle pastine in brodo senza burro e senza formaggio: valevano assai poco, ma erano offerte con tanto buon cuore!

– Queste guardie nazionali, – mi disse il padre Giacinto, quando esse ci ebbero lasciati, – sono persone onestissime; se le avrete da combattere non prendetele di mira, ne avrei un gran dispiacere. Mi sono molto affezionate perchè li guarisco con certe erbe, delle quali so il segreto; porto loro dei sigari dello Stato pontificio, e do loro dei numeri da mettere al lotto. Io sono amico di tutti, ciò non deve sorprendervi, l'esperienza che ho della vita mi ha reso indulgente. Voi, uomini del settentrione, avete una linea invariabile di condotta, e questo lo dovete agli studi classici ed ai pasti regolari; ma tra i monti gli uomini sono incolti e nutriti male, e devono transigere colla natura. Per essi il furto non è sempre una cattiva azione, e l'assassinio è spesso un semplice moto istintivo. V'ha chi vive lassù intere stagioni solo, isolato, colle sue capre, che non ha certo più nulla di umano; e non può esser tenuto in freno che dalla paura dell'inferno, finchè non si potrà guidarlo con una buona cucina.

Eccovi una delle teorie preferite dal cappuccino; il quale non possedeva che due libri e li aveva sempre con sè, il Nuovo Testamento ed il Perfetto cuoco, tradotto dal francese ed arricchito da lui con note e commenti.

– Il Perfetto cuoco, – mi diceva, – è un mirabile strumento di incivilimento; è la prima opera che si dovrebbe porre in mano ai selvaggi. Cesserebbero di mangiarsi l'un l'altro quando comprendessero che la carne umana ha un pessimo sapore. Nel Nuovo Testamento poi, io trovo una gran verità, che non esistono cioè nè buone nè cattive azioni; tutto dipende dalla carità che mettiamo nel farle, l'importante è di temere Iddio e d'amare gli uomini. Perciò io non disprezzo tanto i ladri, poichè ve ne possono essere di buoni, e nemmeno coloro che tagliano le orecchie ai loro simili come fece San Pietro a Malco. La cucina e la religione, ecco i due veri mezzi per incivilire questo bel paese. Perciò non ho molto fiducia nei Piemontesi, essi molestano i preti e mangiano polenta.

Così discorrendo si camminava, si saliva sempre. Verso mezzanotte arrivammo davanti una casa isolata nella montagna. Padre Giacinto aperse una porta con un calcio e con passo sicuro s'avviò per un andito oscuro, giunse ad una scala, salì un piano e mi condusse per mano fino ad una finestra, che s'affrettò ad aprire. Una lanterna posava sul pavimento in un angolo della stanza; dopo averla accesa, il frate la sporse dalla finestra, la alzò e l'abbassò, la portò a destra ed a sinistra come se facesse il segno della croce, poi si mise a camminare a ritroso tenendo sempre la lanterna davanti a sè. Pochi minuti dopo un focherello brillò sulla montagna e scese verso di noi.

– Sono loro, – disse il cappuccino, – vengono; ci vorrà un'ora, prima che siano qui. Intanto vi voglio dare qualche schiarimento. Il capo della banda, che vedrete tra poco, è detto Trombaldi dai piemontesi, Trombardo dai romani, Trummardu dai siciliani; io pronuncio il suo nome alla romana. È un buonissimo diavolo quando è di buon umore, ha un brevetto di capitano e dipendeva tempo fa da Chiavone, che dipendeva alla sua volta dallo Spagnolo; ma dacchè lo Spagnolo ha fatto fucilare Chiavone che non voleva ubbidirgli, Trombardo non dipende da nessuno; lavora per proprio conto e prende sul serio la sua missione. Ecco perchè vi indirizzo a lui, è l'ultimo borbonico che tiene ancora la campagna. Sotto il vecchio regime sua madre era stata rovinata da un usuraio che le imprestava di tanto in tanto uno scudo, ed esigeva cinque soldi alla settimana d'interesse. Quando in casa tutto fu sfumato, Trombardo che s'era fatto grande, uccise con una pugnalata l'usuraio e si lasciò pigliare. Gli fu aperta la prigione e potè uscire quando Garibaldi prese il Regno di corsa, scacciando davanti a sè il Re, l'esercito, i birri ed i carcerieri. Trombardo aveva in orrore gli usurai ed i borghesi. Li chiamava i galantuomini, i signori, e questa parola era per lui la peggiore delle ingiurie che si potesse fare agli scellerati della peggiore specie. Si fece garibaldino immaginandosi che gli eroi popolari sarebbero venuti a combattere i ricchi, ed a dar pane alla povera gente, vestì adunque la camicia rossa e si battè da coraggioso davanti Capua. Alla battaglia sul Volturno s'acquistò il grado di capitano, io ero presente e vi assicuro che non l'ha carpito. Partito Garibaldi, Trombardo sperava di entrare nell'esercito regolare e di conservare il suo grado; si esaminarono i suoi antecedenti e si volle metterlo in prigione. Era allora appena giunto il re di Piemonte, il re galantuomo. «Capisco, – disse Trombardo, – il re galantuomo, il re signore, il re dei ricchi.» Sgattaiolò dalle mani della polizia e fuggì a Roma, dove lo si rifece capitano; da quel tempo egli batte la montagna con una dozzina di uomini arditi che non l'hanno mai lasciato. Qualche volta, la sua banda ingrossa, specialmente a primavera, in grazia dei dilettanti che esercitano il mestiere nelle ore perdute. Ha avuto al suo comando più di duecento combattenti, fu allora che fece il suo colpo da maestro: s'impadronì d'una piccola città, destituì il sottoprefetto e nominò me a quel posto. Per fortuna io ero lontano e questa imprudenza non m'ha per nulla compromesso; poi abbattè tutti gli stemmi di Savoia e vi sostituì i gigli, fece pagare somme esorbitanti a tutti i galantuomini borbonici e liberali che potè prendere, e si recò in processione in chiesa, dove fece cantare il Te Deum. Il dì appresso, pubblicò un decreto col quale liberava i debitori dall'obbligo di pagare le somme ricevute, ed imponeva ai creditori la restituzione degli interessi già incassati. Per tre giorni rimase padrone della città; le truppe che si trovavano a due ore di là, non furono avvertite che al quarto giorno, non dalle autorità destituite che s'erano rimpiattate nelle cantine, ma da un creditore danneggiato, che stimava più il suo denaro che la sua pelle. I bersaglieri accorsero, ma Trombardo avvisato a tempo non credette opportuno d'aspettarli, e ritornò alla montagna, conducendo seco una fanciulla datasi a lui per ammirazione. Si soppressero i gigli, vi si sostituì la croce di Savoia, le autorità uscirono dalle cantine, e all'arrivo dei bersaglieri, la popolazione che aveva gridato Viva Francesco II! gridò: Viva Vittorio Emanuele! L'unica vittima di questa impresa, fu il povero curato che aveva cantato il Te Deum. Fu messo in prigione, e si ebbe torto; egli non aveva convinzioni, gliene affibbiarono una. Se lo avessero pregato di cantare nuovamente il Te Deum in onore dei bersaglieri l'avrebbe fatto di tutto cuore. Eccovi le gesta di Trombardo. Vi raccomando di parlargli con molto rispetto: adulandolo un poco, lo si mena per il naso; guardatevi sopratutto dal far sentire troppo il vostro grado di maggiore. Se il capitano sospettasse un solo momento che voi volete carpirgli il comando, avreste forse da passare un brutto quarto d' ora. Ed ora ascoltate un'ultima raccomandazione: voi francesi avete l'abitudine di susurrare paroline dolci all'orecchio delle ragazze; guardatevi dal farlo nel mondo in cui state per entrare. Trombardo è innamorato come un gatto e geloso come un turco; se vi viene il ticchio di guardare Carmela troppo da vicino, è capace di rompervi la testa. Non dimenticatelo.

Gli uomini della montagna arrivarono, bizzarramente vestiti con costumi a vari colori. Portavano cappelli appuntiti, kepì, penne di cappone, tuniche rosse, cappotti da militari, vestiti da contadini, brache di pelle, calzoni alla ussera, uose, stivali alla scudiera, sandali antichi fermati con delle coreggie; al lume della lanterna messa in terra, scorsi anche qualche piede nudo. Il capo baciò la mano a Giacinto, gli altri, come avevano fatto le guardie nazionali, baciarono le maniche, i lembi della tonaca, ed il cappuccio. Il monaco in mezzo alla banda distribuiva benedizioni a destra ed a sinistra.

– Priammo, figlioli, – disse poi. – Tutti si, inginocchiarono; Giacinto alzò gli occhi al cielo, pronunciò un'orazione che, benchè detta in dialetto compresi benissimo, e trovai molto bella. Terminata l'orazione, egli prese il capo in disparte e gli parlò sottovoce per più di un quarto d'ora, volgendo più volte gli occhi dalla mia parte. Compresi che si trattava di me, e cercai di prendere un fare disinvolto. I montanari mi guardavano alcuni con rispetto, altri motteggiando la mia alta statura.

– Che pezzo d'ommo.

– Zitti! – gridò Trombardo. Tutti tacquero. Poco appresso ci rimettemmo in cammino. Prima di lasciarmi nelle mani dei montanari, Giacinto volle fare ancora qualche passo con me.

– Come vedete, – mi disse, – ho degli amici molto differenti. «Entra da per tutto e non rinchiuderti in nessun luogo,» ha detto un saggio; è l'unico mezzo di studiare l'umana belva e di farle un po' di bene. Penetrando così in tutti i campi posso fare del bene, prevengo sopratutto lo spargimento di sangue. Ho impedito finora l'incontro dei montanari colle guardie nazionali; spavento lo Spagnolo che non varcherà mai la frontiera, riduco la guerra civile all'aggressione di qualche diligenza, ed al saccheggio di qualche casa, ciò che non è poi gran male. Vedete l'uomo che cammina davanti a me? Non ha commesso un solo assassinio da quando è capo banda. Avete visto come lo tengo in freno colla religione; se potesse amare la buona cucina diventerebbe l'uomo più mite del mondo. Il giovanotto che gli cammina a fianco con cappello all'ungherese e vestito di velluto, è la sua Carmela. Comprendo benissimo quello che dicono, ho buone orecchie; sono molto allegri, si burlano di voi. Egli vi paragona all'albero d'un bastimento, al campanile d'una chiesa; sostiene che tornando a casa voi dovrete lasciare le gambe fuori della porta, altrimenti non ci stareste in letto. – In conclusione ti piace? – le chiede Trombardo. – Beh! – risponde, – non o vurria manco pe pulce (non lo vorrei nemmeno per pulce). – Questo non mi dispiace, Carmela è una furbacciona; vuol rassicurare il pover'uomo che mena per il naso. Egli mi sembra molto soddisfatto, voi non avete da temere la sua gelosia. Ma guardatevi bene! Se vi capitasse la disgrazia d'innamorarvi di Carmela!...

Poi Giacinto chiamò il capo, che tornò indietro con tutta la banda; nuovi baciamani, nuove benedizioni distribuite ai montanari; nuovo scambio di salamelecchi, di parole efficaci; poi il cappuccino m'abbracciò con effusione e se n'andò solo soletto.

II.

Trombardo mi trattò bene, io gli mostrai molta deferenza. Egli parlava una lingua impastoiata, una lingua in cui il dialetto cercava inutilmente di prendere la forma di buon italiano. Tuttavia in capo a qualche ora ero riuscito a comprendere presso a poco quel gergo, e me ne potevo già servire per i miei bisogni personali. Il capitano era considerato un uomo superiore, e la sua comitiva ordinata militarmente, aveva un luogotenente, dei sergenti e dei caporali. I soldati erano pochissimi, quattro o cinque al più.

Strada facendo, Trombardo mi narrò le sue imprese e cominciò da quella che mi era già nota l'aggressione della piccola città. Feci sembiante di non saper nulla, gli espressi la mia meraviglia, la mia ammirazione. Quindi mi descrisse la sua fortezza: così chiamava una caverna nella quale si poteva entrare soltanto lunghi distesi da una stretta apertura che, in caso di bisogno, si poteva chiudere con una grande pietra. Quel sotterraneo era stato in altri tempi il rifugio dei compagni di Fra Diavolo.

– Io sono, – mi disse Trombardo, – il vero nipote d'uno di quei compagni, di quello che sopravvisse ultimo. È lui che m'ha mostrato la caverna ignorata da quelli del paese. Un giorno, il comandante piemontese di questo distretto, volle farla finita con noi. Organizzò una spedizione formidabile di 15,000 uomini tra guardie nazionali e soldati, che partendo da punti differenti dovevano attaccare la montagna. Io mi nascosi co' miei nel sotterraneo, ne chiusi colla pietra l'ingresso. I 15,000 si ricongiunsero alla vetta, senza aver trovato nessuno, e telegrafarono a Torino che Trombardo era scomparso. Da allora mi credono in Calabria, e mi lascian tranquillo. Non c'è che un Trombardo per condurre Vittorio Emanuele fuori di strada!

Così il capo mi raccontava le sue gesta. Seppi più tardi che in grazia di Carmela egli s'era fatto più prudente, e non rischiava più la pelle; ed aveva cessato di far la guerra di partigiani. La giovane non se n'intendeva di politica, e lo spingeva alle spedizioni lucrose. Aveva saputo che un gioielliere della Campania andava tutti gli anni a Napoli, per rinnovare la provvista di gioielli, che abbandonava la ferrovia non rammento a quale stazione, ed in vettura tornava alla piccola città dove esercitava il suo commercio.

– Tu dovresti portarmi il suo bagaglio, – disse un giorno Carmela a Trombardo.

Dapprima questi s'adirò, dichiarando che non era un ladro; ma poi non so in che maniera essa riuscì a persuaderlo, e prima dell'inverno essa aveva il baule. Trombardo non parlava volentieri di questa impresa, cercava anzi di giustificarsi, asseriva che l'orefice era un uomo venduto al re di Piemonte. Del resto non gli aveva fatto nessun male, si era accontentato di legarlo ad un albero. Questo episodio, lo vedrete fra poco, non è inutile al mio racconto.

Noi arrivammo sul far del giorno al sotterraneo. Era questo un luogo abitabilissimo. Il sotto luogotenente, muratore di mestiere, vi aveva fatti dei tramezzi, che il primo sergente, un expittore, aveva impiastricciati. Sopra uno sfondo color ocra gialla, l'artista aveva dipinti dei fogliami troppo verdi, degli uccelli troppo azzurri e degli amorini troppo rossi; solo dopo un certo tempo si riusciva ad unire in un armonico insieme tutte quelle tinte stonate. La luce e l'aria venivano dall'alto attraverso a crepacci che fendevano la roccia. Là dovetti credere alle caverne, e perfino alle caverne ammobigliate nonostante l'abuso fattone dai romanzieri. Ma sulle prime non m'accorsi di tante meraviglie.

Affranto di fatica, ero passato alla meglio dall'apertura, e m'ero addormentato calzato e vestito come mi trovavo, su un letto da campo, senza dare nemmeno la buona sera ai vicini. Quando mi svegliai dopo dodici ore, la banda aveva pranzato e faceva la siesta. La sola Carmela era desta in piedi davanti a me e mi guardava.

Io l'avevo veduta appena alla sfuggita la notte prima, in mezzo all'oscurità, acciocchito dal sonno. Quando mi svegliai, sotto i suoi sguardi, essa mi parve piccola e brutta, aveva la fronte bassa e piatta, gli occhi incavati, il naso ordinario, le labbra grosse, e le orecchie.... Mio Dio che orecchie! Ma più d'ogni altra cosa mi disgustarono i gioielli che la coprivano dalla testa ai piedi; le grandi orecchie erano allungate da rosoni di perle, la fronte rimpicciolita da un diadema, il collo ingombrato da una catena che ne faceva sette od otto volte il giro, e sotto a questa spilloni, fibbie, braccialetti, anelli ad ogni dita, ad ogni falange. L'intera valigia dell'orefice s'era rovesciata su quel diavoletto nero.

– Hai fame? – essa mi domandò colla sua voce più dolce.

Questo dar del tu alla romana, è rimasto in uso tra i contadini della Campania.

– Vorrei prima di tutto dell'acqua, – le risposi. – Essa andò a prendere un'anfora a due anse, e me l'avvicinò alle labbra.

– No, – soggiunsi, – dell'acqua per lavarmi.

Essa non mi comprese. Mi rammentai allora che entrando all'alba aveva udito alle mie spalle un susurrio di acqua corrente. Uscii a stento collo zaino, dalla stretta apertura della caverna, chiedendomi in qual modo potè passare di là il letto sul quale avevo dormito. Mi trovai in una specie di piattaforma sulla quale si poteva fare una ventina di passi senza salire nè discendere; per farvene un'idea immaginate una scena antica con un anfiteatro di roccie addossate alla foresta che le serve di sfondo.

Si poteva coricarsi sull'erba, all'ombra, vicino ad una sorgente che allegra scorreva e precipitava un po' più in là nella vallata. Era questo il salotto ed il refettorio dei miei nuovi amici. Mi tolsi il panciotto, cavai dalla sacca un astuccio coll'occorrente da viaggio; dopo alcuni minuti, la sorgente portava al Liri un tributo insolito d'acqua insaponata. Carmela mi osservava stupefatta da lontano; seppi poi che essa non aveva mai assistito ad un simile spettacolo. Ciò che le fece più meraviglia fu la pulizia delle mani. Non potè resistere alla curiosità, e mi venne vicina per vedere ciò che stavo facendo. Il risultato ottenuto la fece andare in visibilio, poi si guardò le mani ed arrossì per vergogna. Corse alla caverna, e vi scivolò dentro colla flessuosità d'una faina; dopo un momento uscì senza anelli, nè braccialetti, nè spilloni, nè collana; immerse la testa e le braccia nude nel ruscello; imitando quello che io aveva fatto, con uno schiammazzio infantile, e dei fremiti di benessere. Quando venne di là ridente, aprendo le labbra provocanti, e mostrando i suoi trentadue denti che valevano dieci volte i suoi gioielli, essa era veramente bella!

– Brava! – gridai.

Essa si fece color ciliegia, e due lampi partirono dai suoi begli occhi neri dilatati.

– Carmela! – chiamò una voce che veniva dall'interno del sotterraneo. – Carmela saltò sulle roccie.

– Carmela! – ripetè il vocione, in tuono impaziente.

La giovane disparve come in un trabocchetto.

– Carmela, – tornò a ripetere la stessa voce con un urlo da belva feroce; e nello stesso istante all'apertura della caverna si mostrò la testa fremente di Trombardo. I suoi occhi erano rossi; egli batteva le palpebre, digrignava i denti.

– Che robb'è? – disse una voce fresca, e ridente, che vibrava in fondo alla grotta.

Carmela vi era entrata da una fessura della vôlta dalla quale non avresti creduto che potesse passare una vipera. La testa di Trombardo scomparve, e più non udii che scoppi di risa.

Questo primo allarme mi servì di lezione.

Evitai Carmela quanto mi fu possibile e non le rivolsi mai la parola. Senza volerlo, avevo scelto il mezzo migliore per attirarla. Le donne sono tutte eguali. Non vale coricarsi nei boschi e condurre una vita da cinghiale; ci sono delle curiosità che si destano, s'esaltano, si ostinano, diventano manie, acquistano la tenacità d'un'idea fissa; è a questo, secondo me, che si dà il nome di amore. Non c'è via di mezzo: quando non si ha altro da fare, bisogna darglisi corpo ed anima; e sulla montagna la nostra vita era molto oziosa. Carmela era lei che mi stava dietro, arrossisco nel confessarlo. Evidentemente la mia statura le aveva ferito il cuore. Essa era piccola, e quando mi guardava, pareva guardasse le stelle.

Io mi sentiva mediocremente lusingato da una preferenza che il primo capo tamburo venuto avrebbe potuto disputarmi. Non credo possibile che un uomo possa amare una donna, senza renderlo un po' orgoglioso: di lei prima di tutto, questo si capisce, ma anche di sè stesso. Aggiungete, che v'era del pericolo, io temeva il pugnale di Trombardo. Cercai quindi, impiegando tutta la mia diplomazia, di non rimaner mai solo; strinsi amicizia coi miei compagni. Non erano alla fin fine cattive persone, ma era toccata a tutti una disgrazia, così chiamano essi un assassinio; in Francia si dice un affare, e non si prova per questo maggior rimorso.

Il luogotenente era stato nella sua prima gioventù zampognaro; soffiava nella sua cornamusa davanti alle madonne e sotto le finestre dei devoti. Un birro che non amava la musica volle un giorno disturbarlo mentre suonava; forse aveva visto alla finestra una testa a lui cara. Ne seguì un duello col coltello, il birro restò ucciso e lo zampognaro scappò a Roma dove lasciò crescer la barba, e girò gli studi degli artisti per servire da modello; il suo ritratto figura sotto venti nomi di santi differenti in molte chiese di Francia e di Germania. Nel 1860 in grazia della Rivoluzione aveva creduto di poter tornarsene in patria, ma, riconosciuto, e denunciato dalla famiglia del birro, si buttò alla campagna. Era un uomo coraggioso molto destro nel maneggiar il pugnale, ed inoltre melanconico e devoto aveva conservata la zampogna, e suonava ogni sera una serenata in onore della madonna.

Il sotto luogotenente exmuratore aveva avuto la disgrazia di gettare la sua cazzuola alla testa del sindaco, e di colpirlo alla tempia. Ecco come successe il fatto. Era il tempo della coscrizione; il sindaco, un medico, aveva una folla di mezzi per esentare i giovani dal servizio. Attribuiva loro malattie immaginarie, e ne dava alle volte di vere coprendoli di piaghe che movevano a pietà il consiglio di leva. Ad altri, giovani robusti, che non volevano lasciarsi coprir di ferite, rilasciava il passaporto per la campagna romana. Ma non faceva niente per niente, perchè aveva moglie e figli, e non doveva trascurare la famiglia. Un giorno andò a trovarlo la madre del giovane muratore, con un paniere di uova ed un sacco di grano.

– Io sono una povera donna, – gli disse, – e non avrei più il mio pane quotidiano, senza il lavoro di mio figlio, fa che non diventi soldato, e la madonna di San Francesco ti dia cento anni di vita.

– Io? – disse il sindaco, – io, sacrificarmi per così poco! Ho tre figli e quattro ragazze (non contava le ragazze tra i figli) e tu non porti loro del pane nemmeno per una settimana.

La povera donna se ne tornò a casa, ed impegnò la pentola, la biancheria e perfino la sua collana; e convertì il ricavato in bevande ed in commestibili: in caffè, rosolio, vin moscato, succo di sambuco profumato d'anice, fichi freschi e secchi, mustaccioli di prima qualità, un gallo e sei galline, un formaggio lodigiano, un quintale di vermicelli, e di lasagne.

– Non è molto! – disse il sindaco con fare sprezzante; – tuttavia voglio accontentarmi perchè sono un buon diavolo, tuo figlio non sarà soldato.

Immaginatevi la gioia della povera madre! Possedeva appena quanto aveva addosso, e allorchè era indispensabile metter le sue robe in bucato, aspettava in letto che una vicina avesse imbiancata ed asciugata al sole la sua biancheria, ma Gaetano le restava e la vita le pareva ancor bella.

Tuttavia Gaetano ricevette un bel giorno un foglio di carta scritta che lo chiamava sotto le armi. Corse dal sindaco e non lo trovò in casa, vi ritornò il giorno seguente, e trovò la porta chiusa. Battè con tale e tanta insistenza, che la moglie del sindaco venne ad aprire. Gaetano fece a lei il suo reclamo, ma la buona donna che non aveva studiato il diritto, parve non comprendesse nulla. Alzò le spalle, stese le braccia, sporse il labbro inferiore dicendo:

– Cosa ne so io di tutti gli imbrogli di mio marito?

– Capisco, – disse Gaetano, che andò a sedersi in fondo d'un caffè dirimpetto al Municipio.

Vi rimase quattro ore e non bevette che un bicchiere d'acqua, aspettando che il sindaco volesse tornarsene a casa. Ma il sindaco non tornò; bensì si affacciò alla sera alla finestra; dunque non era uscito. Fu in quell'occasione che egli ricevette un colpo di cazzuola alla tempia.

Il padrone del caffè aperse a Gaetano una porta che conduceva nei campi; un'ora dopo il fuggiasco era sulla montagna. Scendeva ogni mese a fare una visita a sua madre e le portava del danaro. I vicini fingevano di non vederlo.

Quegli che nella banda aveva il grado di primo sergente era un pittore. Lo si chiamava Tartaglia; nome acquistatosi sul teatro perchè aveva fatto le parte di buffo e di decoratore in una compagnia ambulante.

Tempo fa impiastricciava in un convento la sala dove i monaci andavano a fumare ed a godere la bella vista. Dai due finestroni aperti sopra un burrone, si vedeva il mare, e nei giorni sereni si poteva scorgere il capo Miseno ed il cono azzurro del Vesuvio; gli stessi finestroni mantenevano l'aria in continua circolazione, e portavano via il fumo del tabacco. Di fronte alla porta l'artista ebbe l'idea di dipingere con grande evidenza un brigante armato fino ai denti, che prendeva di mira chi entrava nella sala. Questa idea parve eccellente al portinaio che calcolava di produrre sui forestieri ai quali avrebbe mostrato il convento un divertente effetto di terrore. Tartaglia si mise all'opera; ma un monaco lungo, secco, pallidissimo, con delle macchie gialle nel bianco degli occhi, un naso aquilino, e degli occhiali verdi, gli stava sempre ai fianchi; gli dava dei consigli, trovava il cappello troppo chiaro, la tinta dell'abito troppo scura, il fucile troppo corto, il braccio troppo duro, la mano troppo floscia, il ginocchio troppo sporgente, lo scorcio sbagliato, una gamba più lunga dell'altra. Era un vero tormento per un pittore a fresco che deve riuscire di primo acchito. Tartaglia accettò volentieri i primi consigli, e cercò di seguirli, ma s'accorse in breve che il monaco non se n'intendeva affatto, e che era per giunta un jettatore. Non solo i pareri di quell'uomo erano sbagliati, ma ad ogni sua parola il pennello si scoteva, deviava a destra od a sinistra, schizzava una bava spumeggiante, quasi fremesse. Tartaglia s'impazientì; poi s'adirò, e pregò il monaco di lasciarlo in pace; ma il monaco, ostinato e collerico, rispose con acrimonia. Il pittore si lasciò trasportare dall'ira; il monaco si mise a sogghignare ed a mostrare i denti giallastri. Allora Tartaglia si sentì invaso dalla jettatura, gettò dalla finestra tutti i suoi pennelli, la scopa di cui si serviva per dipingere il cielo, un pettine col quale tratteggiava i capelli ed i frondeggi, la scala, una tavola, quattro sedie che ammobigliavano il belvedere; ed il monaco continuando a sogghignare andò a raggiungere nel fondo del burrone i frantumi di quello sgombero. Le finestre erano aperte e le porte chiuse, e il fatto seguì con tanto poco rumore, che alcuni monaci che giuocavano alle boccie sopra una terrazza a trenta passi di là, non s'accorsero di nulla. Tartaglia che si sentiva più libero dopo questo suo tratto di energia, andò dritto dritto a quei religiosi, colle mani in tasca, non trascurando di mettere avanti l'indice ed il pollice, tenendo piegate le dita di mezzo, perchè tutti i monaci sono più o meno jettatori. Si fermò un momento per ammirare il colpo d'un giuocatore, che lanciava una boccia rialzando la sottana, e mostrando le gambe nude; poi se n'andò tranquillo dopo aver detto che sarebbe ritornato il domani. Da allora vive sulla montagna.

Tutti gli altri banditi erano vittime di qualche disgrazia, sul fare di questa, e perciò sostenevano con Trombardo la causa del trono e dell'altare.

I giorni e le settimane passavano, e noi si restava completamente tranquilli. Avevamo da vivere, e la fame non ci spingeva fuori dei boschi, i manutengoli (che ci davano man forte, al dire dei liberali), ci fornivano senza economia di vino, di pane, di paste, e di carne. Io credetti dapprima che essi fossero borbonici, che volevano risorgere colle nostre armi, ma seppi poi che erano dei possidenti furbi i quali avevano paura di noi. Ci pagavano, in commestibili ed in danaro, una specie di tributo che salvava le loro possessioni dal saccheggio e dall'incendio.

Noi non scorticavamo il bestiame, nè bruciavamo il grano di quelle brave persone che si esponevano ad un po' di rischio aiutandoci colla loro borsa. Le autorità civili e militari trovavano per verità che ciò non andava bene; ma cosa potevano temere dalle autorità civili e militari? Tutt'al più qualche mese di prigione, mentre se invece si rivoltavano contro di noi, compromettevano prima di tutto la pelle dei loro montoni, e poi la propria, e ci tenevano. Per la medesima ragione i pastori erano dalla nostra e non ci denunciavano mai ai soldati od alle guardie nazionali. Se qualcuno domandava loro: «Vi sono briganti da queste parti?» prendevano una faccia da cretini, e non comprendevano la domanda. A che pericolo si esponevano tacendo?

Ma se noi chiedevamo loro: «Avete visto i Piemontesi?» si affrettavano a rispondere, sapendo bene che, se mostravano d'avere il cervello turato, uno dei nostri vi avrebbe aperto dei buchi colla rivoltella. Nostra complice adunque, tanto in alto che in basso, era la paura. È la paura, ha detto Garibaldi, che governa il mondo.

Intanto io cominciavo ad annoiarmi sul serio. Andando da uno all'altro avevo fatto il giro di tutti i miei compagni: erano uomini piuttosto semplici e tagliati tutti su uno stesso stampo; passavano il tempo dormendo e giuocando alle carte. Chi perdeva cavava alle volte il coltello, ma Trombardo che annusava la burrasca, accorreva in fretta, e tuonava uno dei suoi: «ohe!» che faceva rientrare le lame. Quell'uomo, si potea dire veramente il padrone, non ostante le sue vanità puerili che non sfuggivano ai suoi soggetti. Ci burlavamo di lui, quando voltava le spalle; chinavamo la faccia quando si mostrava di fronte. Egli teneva la testa alta e la sollevava obliquamente con un fare imperioso che imponeva ai più audaci. Quando abbassava i sopraccigli folti e neri faceva paura ai più arditi. Lo si sapeva coraggioso e molto circospetto; mai mai perdeva la testa, più volte era scivolato come un'anguilla dalle mani delle guardie nazionali. Eccovi le sue buone qualità, ma non ne aveva altre. Non sapeva leggere; il letterato della banda era il pittore che conosceva tanto poco l'ortografia quanto il chiaroscuro. Se in presenza di Trombardo sorgeva una questione di letteratura, di geografia, di storia naturale, questi esprimeva la sua opinione movendo il mento senza compromettere la sua dignità. Coi suoi mustacchi neri e le sue fedine piatte avrebbe potuto fare benissimo il guardaportone; avrei voluto vederlo ritto con un'alabarda in mano; ma dalle cose intellettuali era affatto alieno, e l'infinito non lo tormentava.

Un bel giorno, furono arrestati una dozzina di manutengoli, e ne seguì per noi un principio di carestia. Vidi ben tosto nella banda un va e vieni che annunciava una prossima spedizione; il capitano appuntava il canocchiale verso i luoghi abitati e difesi, ed i soldati pulivano le armi. Chiesi a Trombardo dove si andava, e se ci verrei anch'io; egli scosse il capo, mise il dito sulla fronte, ciò che significava: ho la mia idea. Qual'era questa sua idea? perchè dovevo restarmene là? Nella notte giunsero alcuni dilettanti, uomini che in caso di bisogno ingrossavano la banda; con costoro vennero dei briganti di circostanza, bifolchi o pastori che lavorano dall'alba fin dopo il tramonto e venuta la notte prendono un fucile nascosto in un solco e vanno a rannicchiarsi nei fossati che fiancheggiano la strada. Quando passa un viaggiatore od un contadino provveduto che si è lasciato sorprendere dalla notte, gli saltano alla gola, lo gettano per terra, e lo stordiscono percotendolo col calcio; se oppone resistenza, lo uccidono esplodendogli il fucile a bruciapelo. Poi vanno a coricarsi portando a casa l'oro e l'argento del viandante; chiamano oro gli anelli e gli orecchini che portano spesso i villani, o per ornamento o per preservarsi dal mal d'occhi. Il mattino appresso il bifolco nasconde nuovamente il fucile, e ritorna all'aratro. Quando non ha lavoro, dopo la mietitura o la vendemmia, raggiunge le bande; talvolta è chiamato quando c'è da tentare qualche brutto tiro; allora lo si prende a giornata. Il pastore poi, povero disgraziato, che vive sulle vette, affamato, selvaggio, agile, magro come le sue capre, non ha la minima idea nè di bene nè di male, va alla caccia dell'uomo come ad un divertimento. Se lo uccidono, che gliene importa? quanto vale la sua vita? La darebbe dieci volte per un pezzo di pane.

Tutta la banda partì per questa misteriosa spedizione; non rimasero con me sul monte che il capitano, il pittore e Carmela. Ai primi chiarori dell'alba Trombardo salì sulla vetta con Tartaglia e col suo canocchiale. Egli voleva seguire i movimenti dei suoi uomini, e vedere se le truppe uscivano dalle città o dai villaggi per molestarli; in tal caso doveva accendere un gran fuoco d'erbe secche. Un fumo denso avrebbe dato l'allarme e la banda sarebbe rientrata nel bosco.

Quando mi destai un po' tardi, i miei occhi appena aperti rimasero abbagliati; Carmela era accoccolata ai piedi del mio letto, coi gomiti sui ginocchi, il viso nelle mani, sotto la luce d'un raggio di sole che scatturì improvviso dall'alto come un lampo d'oro. Le sue mani, nettissime, s'erano fatte pallide, le dita erano diventate sottili e affusolate. Non portava anelli. Nel mio album c'era un abozzo in lapis disegnato in fretta nel palazzo Barberini: una testa di donna artisticamente drappeggiata in un panno bianco. Carmela s'era acconciata a quel modo: essa aveva dunque frugato nel mio zaino.... Aveva indovinato che le sue orecchie da schiava mi dispiacevano? Fatto sta che in quella posizione essa era seducente. Ma ebbi appena il tempo d'ammirarla che mi venne un'idea sinistra; io vidi colla fantasia ergersi davanti a noi l'immagine terribile di Trombardo. Mi misi bruscamente a sedere, frugai collo sguardo per la caverna: Carmela sollevò la testa e disse in modo affascinante ma un po' selvaggio:

– Sono lassù, noi siamo soli.

Quando un fanciullo scorge una bella pesca nell'orto del vicino, la sua prima idea è di coglierla, ma s'arresta pensando alla guardia campestre, non scavalca la siepe, e si consola con questa riflessione: – Sono stato un bravo fanciullo, quella pesca dopo tutto non m'apparteneva. – A questo si riduce in sostanza la virtù. Perciò io dissi a Carmela:

– Lasciami vestire.

Essa si slanciò fuori; io appena vestito m'affrettai a seguirla, agitato da una strana emozione, alla quale si mischiava molta vergogna ed amarezza, una specie di rimorso fatto di scrupoli che non avevano niente di comune col senso morale. Carmela singhiozzava avvoltolandosi sulle pietre. Io me le avvicinai, e tentai di rialzarla, ma essa mi scappò dalle braccia con un ruggito; e coi piedi nudi che si abbrancavano alle pietre come mani, salì una roccia dove un camoscio non l'avrebbe potuta seguire, poi fece un salto, e le sue gambe brune, la sua sottana rossa, il suo corsetto bianco, i suoi capelli neri sciolti, ricadentigli tutto intorno, disparvero in un batter d'occhio. Io girai la roccia per correre a soccorrerla, ma Trombardo che dalla vetta aveva visto la caduta era già vicino alla povera giovane e la teneva sui ginocchi. La palpava come avrebbe fatto un chirurgo, poichè se ne intendeva di ferite, sapeva fasciarle, ed aveva il segreto delle preghiere che bisogna borbottare per guarirle.

– È cosa da niente! – mi disse vedendomi venire, – non c'è nè frattura, nè contusione, appena appena qualche graffiatura che domani sarà guarita. È colpa vostra, – riprese egli con un mal garbo che mi tolse il respiro, – perchè la lasciate correre sola? Quando io sono assente, siete voi, maggiore, che dovete comandare.

III.

Il dì appresso verso mezzogiorno, tutta la banda ritornò all'ovile, conducendo seco due prigionieri, uno già vecchio e più morto che vivo, portato su una specie di barella, l'altro molto giovane che camminava appena, e spinto dagli uni, tirato dagli altri, si lasciava andare a destra e a sinistra, come se non gli fosse possibile reggersi in piedi. Era pallido e aveva gli occhi chiusi; gli slegarono le braccia, egli cadde lungo disteso, profondamente assopito sopra i muschi. L'avevano arrestato il giorno prima in una diligenza partita da X.... diretta ad una stazione ferroviaria. Da allora aveva camminato quindici ore nei suoi stivaletti verniciati, molto piccoli, adatti appena ai tappeti dei salotti signorili. Le suole erano foracchiate, i calzoni bianchi macchiati di segni rossi; la cravatta sgualcita attestava che il ragazzo era stato preso per la gola. Il suo cappello copriva abbastanza male il capo d'uno dei bifolchi che l'accompagnavano. Aveva un dito scorticato, dallo sforzo fatto per strappargli un anello. Steso sull'erba, bianco come il marmo, la sua testa in una cornice di capelli biondi e ricciuti pareva d'un Adone. Avrebbe fatto le delizie d'un pittore o d'uno scultore.

– Che bella cosa! – gridò Tartaglia, il quale benchè acciarpone, aveva un occhio giusto e un vivissimo sentimento del bello.

– Povero giovane! – sospirò Carmela, guardando me. Pensava di ingelosirmi; ma l'effetto fu prodotto invece sul capitano, che nascose gli occhi nelle sopracciglia, e strinse il labbro inferiore tra i denti.

Il giovanotto aveva nome Angelo; suo padre exmagistrato, era stato lui a far condannare Trombardo a vent'anni di ferri dopo l'assassinio dell'usurajo. Il giudice Paglietta (naturalmente io cambio il suo nome) era giunto alla magistratura mercè la sua abilità d'avvocato. Molti bei tiri suoi sono rimasti celebri nel paese; ve ne cito uno tra mille.

Un giorno, uno straniero in procinto d'abbandonare Napoli, fu arrestato sul battello a vapore. Un preteso creditore reclamava da lui una forte somma di danaro che sosteneva avergli prestato, e presentava una ricevuta in piena regola e sei testimoni i quali avevano visto coi loro propri occhi lo straniero ricevere il danaro. Il disgraziato dovette ridiscendere al porto, e corse dal console del suo paese, che gli disse sorridente:

– Brutto affare! non avete che un unico mezzo per cavarsi d'impaccio; rivolgetevi all'avvocato Paglietta.

Così fece; ma prima che finisse il suo racconto l'avvocato esclamò:

– Avete sbagliato strada, mio signore; sono io che devo difendere il vostro avversario.

– Ma il mio avversario è un furfante.

– Lo so bene.

– Ed un falsario.

– È probabile; ma non bisogna intentargli un processo criminale. È locatario del magistrato che deve giudicarvi, egli darebbe torto a voi per non mandare l'altro in galera; altrimenti il terzo piano della sua casa che minaccia di cadere, resterebbe disabitato per una diecina d'anni.

– È quindi necessario che io perda i dieci mila ducati che mi chiede?

– Non ne perderete più di trecento se avrete fiducia in me.

– Parlerete voi contro il vostro cliente?

– Lasciate fare a me.

Venne il giorno del processo: il creditore produce la falsa ricevuta ed i sei testimoni, i quali giurarono sul vangelo che i diecimila ducati erano stati sborsati alla loro presenza; ma subito dopo comparvero altri dodici testimoni che giurarono sullo stesso vangelo, che alla loro presenza la somma era stata restituita, e l'avvocato del forestiere (che era d'accordo con Paglietta) mostrò la ricevuta del creditore che fu condannato alle spese. Paglietta divenne sostituto del procuratore del re, in un tribunale di provincia; in quel posto si fece molto onore e fu nominato cavaliere di San Gregorio e di San Ferdinando. Quando vennero i Piemontesi, cambiò di santi, e diventò partigiano di Maurizio e di Lazzaro. Era milionario, ed i suoi milioni posavano al sole nella Terra di Lavoro.

Assicuratosi così l'avvenire, Paglietta volle fare di suo figlio un uomo onesto: un padre non vede quasi mai di buon occhio che il figlio faccia il proprio mestiere. Angelo si nutrì di Plutarco e dei moralisti latini. A sedici anni parlava cinque lingue viventi e comprendeva il greco! a diciassette lesse da solo tutto Hegel, e cominciò a studiare il sanscritto, a diciotto pubblicò una confutazione di Schopenhauer. Questa voracità gli produsse un'indigestione di sapere; ma lo salvò dalle donne che lo avrebbero amato troppo in un paese dove i biondi sono rari.

Suo padre che in vita sua non aveva amato nessuno, gli voleva un gran bene. Trombardo lo sapeva, e scelse il mezzo migliore per vendicarsi. I ricatti non riescono sempre. A questo giuoco arrischiato bisogna esser sicuri del fatto suo, non si rapisce il primo venuto; o che ne varrebbe la pena? I montanari non odiano che i ricchi, e quello ch'essi ricattano è stato tenuto d'occhio da un pezzo. Essi hanno spiato i suoi passi, conoscono i suoi progetti ed i suoi affari e sanno a che ora deve attraversare la parte imboscata della strada. Al mio tempo avevano anche comperato dei postiglioni, che li avvertivano da lontano facendo schioccare la frusta. Se la frusta schioccava sette volte, voleva dire che la preda aspettata si trovava nella diligenza; in tal caso gli aggressori uscivano dall'imboscata, e, per maggior sicurezza si mettevano davanti ai cavalli. Allora scoppiava il noto grido: «Tutti fuori, e faccia a terra!»

Così era stato rapito il povero Angelo, che accompagnato da un vecchio servo andava a Napoli dove contava di studiare contemporaneamente il diritto e la medicina. Gli aggressori si erano accontentati di prendere loro due, trascurando gli altri viaggiatori, sorpresi di potersela cavare così a buon mercato. Io però credo che i dilettanti che seguivano la banda, abbiano portato via qualche valigia, una almeno per il diavoletto nero, benchè il capo avesse proibito l'assassinio ed il furto, eccetto in caso di necessità.

Così la pensava anche il paladino Rinaldo:

Disse Rinaldo che non è vergogna

Rubare e assassinar quando bisogna.

La spedizione essendo finita, Trombardo congedò i volontari; si chiamavano così i dilettanti; e spedì un messo al padre Giacinto incaricandolo di regolare il riscatto. A questo fine, dettò una lettera a Tartaglia che gli serviva da segretario, e al quale io serviva da confidente. Quell'artista sbagliato mi confidò un mondo di cose: mi narrò che Trombardo domandava al giudice duecentomila franchi in oro, un orologio remontoir di Ginevra a ripetizione, un cannocchiale, del quale designava la lunghezza ed il valore, aggiungendo che si trovava a Napoli dall'ottico bavarese in via Toledo; finalmente un fucile Chassepot, una rivoltella Lefaucheux, uno spazzolino da unghie ed uno specchio. Questi due ultimi oggetti erano stati aggiunti in un poscritto, essendo entrata Carmela nella caverna, quando si stava per chiudere la lettera. Essa ritornò subito portando pane e vino al bel giovane che s'era appena destato, poi corse nel bosco a cogliere per lui delle fragole.

– State meglio? – chiesi io al prigioniero, che girava in tutti i sensi i suoi begli occhi dolci e bagnati di lagrime.

– Dove sono? – mi chiese egli in francese. Dalla pronuncia egli aveva compresa la mia nazionalità.

– Voi siete da persone che, v'accerto, non vi faranno alcun male.

– E Domenico?

Il giovane cercava il suo servo che non era ancora tornato in sè. Volle alzarsi «per rivederlo – egli disse – prima che lo si seppellisse,» ma i suoi piedi gonfi e sanguinolenti non potevano più sostenerlo. Ricadde subito mandando un grido di dolore. Io presi il mio coltello, e strappai i bottoni de' suoi stivaletti.

– Grazie, – mi disse, – voi siete buono. Ma Domenico?

Andai dal vecchio. Egli aveva gli occhi socchiusi e respirava debolmente.

– Mi vedete? – gli chiesi.

Egli abbassò il mento sul petto.

– Potete camminare?

Fece segno di no.

– Volete bere?

Egli fissò diffidente lo sguardo su me. Io presi la mia fiaschetta contenente un po' d'acquavite, ne misi il collo in bocca a Domenico ed ebbi la gioja di veder in un istante rianimarsi i suoi occhi.

– È salvo! – gridai al giovanotto.

– Vieni, – disse questi, – vieni, Mineco mio, io non posso alzarmi.

Il vecchio, che non aveva ferite, fece qualche passo appoggiato al mio braccio, e ad un bastone che gli misi in mano. Egli sedette vicino al padrone, poi li lasciai soli.

Carmela ritornò colle fragole e corse ad offrirle al giovane, guardandomi colla coda dell'occhio.

– Magna, poveriello mio, – gli disse in modo carezzevole sottolineando le parole.

– Prima al vecchio, – disse Angelo.

Domenico mangiò di buon appetito, e parve in breve riconfortato. In questo frattempo Carmela non cessò d'andare e venire, con uno zelo irrequieto che attirava l'attenzione. Prese quanto potè trovare sotto le mani; un sacco di farina, un fascio di fieno, il mio zaino, e ne fece una spalliera pel giovane, corse poi alla fonte e tornò con un bacino d'acqua fresca; inginocchiata sull'erba, si mise a lavare ed a fasciare i piedi di Angelo e a riscaldarli col suo fiato; i capelli sciolti – quei capelli si scioglievano sempre – le scendevano tutt'intorno, sul suolo erboso. Tartaglia che in quell'istante, seguito da Trombardo, usciva dalla caverna, alzò le braccia come due punti ammirativi, ed esclamò mostrandomi il quadro:

– Santa Maria Maddalena! peccato che il ragazzo sia tanto giovane! Somiglierebbe a Gesù, il più bello degli dei.

Ma Trombardo non amava la pittura, e meno ancora i quadri viventi, ed urlò uno di quei famosi ohe! che facevano tremare tutta la banda. Carmela balzò in piedi e lo guardò in faccia dicendo: – Che d'è? (Che c'è?)

Essa sfidò lo sguardo fiammeggiante del padrone, con un fare così audace ed altezzoso che Tartaglia esclamò:

– Stupenda.

– Va bene, – borbottò il capo, abbassando la fronte, e Carmela gli passò davanti, senza staccare gli occhi da lui, poi saltò su una roccia, per guardarlo da più alto. Allora incrociando le braccia si mise a cantare una canzone, che faceva il giro del mondo e che era giunta fino sulla montagna:

La notte tutti dormono

E io che vuò dormire

Pensando a lo mio bene

Mme sento scevolire.

Li quarti d'ora sonano

A uno a dduje a tre,

Io te voglio bene assai

E tu non pienz a me.

Trombardo aveva abbassata la testa ma si mostrò crucciato fino a sera, e sfogò la sua rabbia su tutti, specialmente sul povero Angelo; lo separò da Domenico, e lo mandò nel sotterraneo con proibizione di uscirne. Accese la pipa, la lasciò spegnere dieci volte, e finì con gettarla su una pietra che la ruppe in tre pezzi. Non bastandogli questa vendetta, calpestò sotto ai tacchi quei poveri rottami di terra cotta. Poi camminò per quattro o cinque ore senza tregua, in uno spazio di cinque o sei metri, respingendo coi piedi tutto ciò che trovava sul suo cammino.

Il fascio di fieno, il sacco di farina ebbero molto a soffrire da questa burrasca, io corsi a raccogliere il mio zaino prima che fosse lanciato come una palla al disopra della foresta. Finalmente il capitano andò a coricarsi senza cenare e senza dare a nessuno la buona sera. Allora tutta la banda, che non aveva aperto bocca durante quella passeggiata furibonda scoppiò di sottecchi in un riso argentino, che pareva un bisbiglio. Io approfittai di questo momento per avvicinarmi a Carmela. Essa era seduta sulla roccia, colle gambe penzoloni, le braccia in aria, e faceva schioccare le dita a modo di nacchere, mentre cercava di imitare colla voce il tintinnio ed il rullo del cembalo. Io le feci osservare che colla sua imprudenza essa comprometteva, non solo sè stessa, ma anche il giovane prigioniero, che lo esponeva ad ogni cattivo trattamento e forse alla morte. Mentre io parlavo essa precipitò il movimento e la cadenza della sua tarantella. Quando ebbi finito s'interruppe bruscamente e mi disse con voce rauca e fregando l'indice sui denti:

– Tu sei geloso! Arraggia!

Si dice che la notte porta consiglio. Il domani mattina Trombardo ebbe un'idea luminosa; mi disse:

– Prendete quel giovanotto e non abbandonatelo; tenetelo lontano più che potete di qui, potrete condurlo in giro pel bosco da mattina a sera, non lasciatelo però scappare, voi rispondete di lui sulla vostra testa.

Io fui lieto d'avere questo incarico, e passai intere giornate in compagnia del gentile giovanotto. Egli era molto ingenuo, e pieno d'illusioni non ostante il suo sapere; non credeva nè a Dio nè al diavolo, e mi provava con frasi tradotte dal tedesco che Gesù Cristo non era mai esistito. Pareva che ci tenesse molto a questa opinione, e vi ritornava con un'insistenza, che mi divertiva; mi sono sempre piaciute le idee fisse. Invece credeva pienamente nell'Italia e negli Italiani, adorava Garibaldi, Mazzini, il re di Piemonte ed il conte di Cavour. Per lui Alfieri era il primo scrittore di tragedie, Goldoni il primo commediografo, Manzoni il primo romanziere, Leopardi il primo poeta elegiaco; non aveva trovato in Hegel nulla che non ci fosse anche in Gioberti. Secondo lui i francesi erano leggieri e superficiali; faceva un'eccezione per Proudhon ed Augusto Comte; stimava pure Paul de Kock i cui romanzi gli parevano ben scritti. Non aveva letto Molière perchè lo trovava triste, attribuiva al ginevrino Toepffer Il lebbroso della città d'Aosta, avendolo letto nei viaggi della signora Fanny Lewald. Non essendo uscito mai dalla Terra di Lavoro, non conosceva nè gli uomini nè le donne, nè le grandi nè le piccole passioni, nè le lotte della vita nè nulla di tutto ciò che bisogna mettere da banda o schivare per raggiungere la meta. A Napoli dove lo mandavano sarebbe stato più in pericolo che sulla montagna. Aveva inoltre un'anima così bella, ed una spensieratezza che sorprendeva me, che pure non ero ancora uscito dallo stato di sbalordimento. Pareva non sospettasse punto che la sua vita era in pericolo, e non mi rivolgeva nessuna domanda sugli abitatori della caverna. Gli bastava sapere che erano briganti e l'avevano ricattato. Pareva non l'impensierisse che l'inquietudine di suo padre.

– Sono certo che è in pensiero, – mi diceva in un cattivo francese.

I capelli di Carmela avevano sfiorato i suoi piedi, senza che egli ne provasse la minima emozione, la credeva una serva che cercasse di guadagnarsi una mancia, nè più nè meno. Io gli offersi il mio fucile per cacciare nel bosco, mi rispose che le detonazioni delle armi da fuoco lo impaurivano. Ciò che gli stava più a cuore era la sua valigia piena di libri e di manoscritti. L'avevano rubata durante l'aggressione della diligenza? La troverebbe a Napoli? Mi chiese solo qualche libro; non ve n'era uno solo nel nostro quartiere. Lo stesso Tartaglia non possedeva che le quaranta prime pagine d'una grammatica che non gli aveva mai servito. Io trovai in fondo alla mia sacca la Mare au Diable di Giorgio Sand, scrittore francese, del quale Angelo non conosceva più del nome; poichè le sue critiche tedesche gli avevano detto che le opere di questa donna mancano di pregi e sono immorali. La testa d'Angelo somigliava ad una biblioteca di volumi scompagnati; ve n'erano molti, troppi, ma ne mancavano un centinaio, e proprio i migliori; questo succede sempre ai disgraziati che si istruiscono da soli. Angelo lesse cinque o sei volte la Mare au Diable, con interesse sempre crescente; dopo la settima lettura mi dichiarò che la trovava bella come le Georgiche. Piangeva d'ammirazione. Oh! come erano belle quelle lagrime! Le trovavo migliori di quelle che ci strappa la pietà.

Io voleva intanto salvare quel povero giovane, che con noi minacciava di finirla assai male. Trombardo non amava versare sangue, ma esecrava il nome di Paglietta, e si potrà dire quel che si vuole di male degli italiani del mezzogiorno, mai però rimproverarli di lasciar assopire in pace i loro vecchi rancori. Inoltre, il capitano era geloso, e Carmela aveva il gusto maligno d'irritare questa passione. Il riscatto richiesto non giungeva, ed i banditi avevano allora una strana maniera d'affrettare il pagamento dei loro crediti; tagliavano un'orecchia ai prigionieri e la mandavano in un involto ai parenti. La somma domandata era enorme; si sapeva che se il vecchio giudice amava suo figlio, amava pure i suoi quattrini. Feci dunque comprendere al mio filosofo, che farebbe cosa giudiziosa approfittando della prima occasione per scappare. Accompagnandolo fino all'estremità del bosco gli additai un sentiero molto erto e sassoso, il letto d'un torrente che discendeva in linea retta fino ai piedi della montagna, e di là conduceva, attraverso i campi, ad un punto bianco che si vedeva staccare incerto dell'orizzonte. Quel punto bianco era un posto di carabinieri piemontesi, che, mal informati dai contadini, ci credevano nelle Calabrie. Angelo fece solecchio colla mano, e si mise a riflettere; io insistei energicamente, e finii con guadagnare la causa parlandogli di suo padre e dei suoi libri. Mi promise di scappare; ed io mi sentii libero d'un gran peso che m'opprimeva il cuore.

Prima di tutto però bisognava allontanare la banda, la fuga era impossibile sotto gli sguardi vigilanti di Trombardo. Pregai quindi il capitano di venire a far due passi con me nel bosco, e mentre Angelo ai piedi d'un faggio, leggeva per l'ottava volta la Mare au Diable, io condussi con me il comandante e gli parlai presso a poco in questi termini:

– Caro capitano, le cose non procedono affatto bene per noi. Il danaro non viene, ed i viveri mancano, bisogna quindi mettersi in campagna. Per giunta, il vostro re conta su voi, ed i vostri soldati cominciano ad impigrirsi. V'ha di più, ho osservato che Carmela s'annoia; ebbene, voi che sapete tante cose, non ignorerete che una donna non deve mai annoiarsi.

– È vero, – disse il capitano.

– Bisogna adunque muoversi, ed io ho un'idea che voglio sottomettere al vostro sapiente giudizio. C'è alla frontiera uno Spagnolo il quale riceve molto danaro da Roma e perde il suo tempo a scandagliare il Liri. Secondo me, sapete cosa si dovrebbe fare? raggiungerlo, portargli via la sua banda, e condurla con noi. Così egli resterebbe solo, e noi avremmo un due o trecento uomini, partigiani del re, e non ladri, che non domandano di meglio che battersi. Con queste forze, chi lo sa? si potrebbero disarmare venti villaggi e prendere Sora dove gli abitanti ci sono tutti affezionati. Il re lo verrebbe a sapere, e nominerebbe certo voi al posto dello Spagnolo, a generale in capo dei suoi eserciti. Nello stesso tempo si condurrebbe con noi Carmela, che qui si annoia, e che sa maneggiare il fucile con molta grazia.

– Ed i prigionieri? – chiese il capitano.

– I prigionieri? Bastano due uomini fidati, per impedir loro di darsela a gambe. Questo qui, guardatelo un po', è un bambino che con un buffetto lo si farebbe cadere, l'altro, il vecchio, è una fiamma vacillante, un soffio la può spegnere. Lasciate qui a guardarli due giovani energici, per esempio, il sotto luogotenente e Fiascone: noi due partiamo cogli altri, e, quello che importa di più, conduciamo Carmela con noi.

– Non dubitate, – mi rispose Trombardo, che era un uomo risoluto.

Io aveva indicato a guardiani dei prigionieri il caporale Fiascone, e l'exmuratore, i due più gran beoni della banda.

Bevevano tutte le notti: cominciavano appena il capitano aveva chiusi gli occhi, e non tralasciavano che più tardi quando il caporale, giungendo le mani, alzando le braccia al cielo, e strascicando il piede, come fanno i cantanti sulla scena, intonava la grand'aria della Lucia. Il sotto luogotenente ascoltava, e calde lagrime gli scendevano sulla guancia. Poi tutti e due cadevano vicini sul terreno, e all'aria aperta s'addormentavano profondamente per non riaprire gli occhi prima dello spuntar del giorno. Allora facevano sparire gli strumenti delle loro libazioni, e lemme lemme se ne tornavano in letto. Trombardo malissimo informato, come tutti quelli che comandano, non ne sapeva nulla.

Noi raggiungemmo Angelo che ci disse sospirando:

– Peccato che non sia scritto in italiano.

Non pensava che alla Mare au Diable.

Avviandoci al nostro alloggio, vedemmo in lontananza una donna sotto una massa di capelli biondi che si pavoneggiava in una veste rigonfia contornata da più giri di gale; sembrava un apparecchio da fuochi d'artificio. Essa ci volgeva le spalle, ma quando le fummo vicini si voltò repentinamente. Era Carmela. Io diedi in una gran risata ed Angelo non la guardò nemmeno. La povera giovane aveva sbagliato l'effetto camuffandosi colle vesti d'una provinciale. Questo travestimento non impressionò che Trombardo, il quale sollevò il calcio del fucile. Stavolta Carmela fece un salto a ritroso, ed inciampando nelle sottane cadde in ginocchio. Il capitano disarmato si rivolse a me, e mi disse a bassa voce:

– Nevvero, la si direbbe una vera signora?

Questo incidente decise la nostra partenza, che seguì la notte stessa. Angelo mi bagnò le guancie nel darmi l'addio; nello stesso tempo mi strinse la mano con energia, e mi susurrò all'orecchio:

– A rivederci!

– Non qui, — risposi.

Il capitano gridò: – In marcia! – e noi partimmo in fila ad uno ad uno, perchè la strada era cattiva.

Carmela, vestita da uomo, collo zaino sulla schiena ed il fucile in ispalla, pareva di buon umore. Andava scalza poichè gli stivali le davan fastidio, saltava sui ciottoli coll'agilità d'un capriolo, correva innanzi, e faceva salti arditissimi laddove noi discendevamo cauti per non cadere in un precipizio. Essa s'ostinava a starsene sempre sull'orlo come i muli, e di tanto in tanto fingeva di scivolare per spaventarci. Trombardo le gridava:

– Bada, bada!

A un certo punto il burrone si chiudeva formando una gola, un ramo di quercia andava da una roccia all'altra ad un'altezza di cento piedi dal letto del torrente. A quell'ora, con quella luce incerta, pareva l'ala spiegata d'un gigantesco uccello nero.

– Se si passasse per là! – disse Carmela; – sarebbe più corta e si guadagnerebbero due ore.

– Sei matta! – esclamò Trombardo, – vuoi venir giù?....

Ma essa era già sul ramo, ed in piedi colla testa alta attraversò da un capo all'altro quel ponte tentennante. Noi restammo immobili a guardarla trattenendo il respiro; ci pareva che il minimo soffio dovesse farla precipitare.... Quando ebbe toccato terra esclamò:

– Bandiera di Napoli!

Era il suo grido di trionfo, ed aggiunse:

– Se avete paura io ritorno.

Dovemmo ben fare come lei, noi uomini. Trombardo pel primo, poi ad uno ad uno tutti gli altri passarono a cavalcioni; io che chiudeva la marcia ebbi l'idea d'imitare Carmela passando in piedi. La mia figura alta sullo sfondo del paesaggio deve aver fatto un bell'effetto; ma scivolai al terzo passo e.... rassicuratevi, caddi a cavalcioni. I miei compagni, camminando senza voltarsi indietro, si erano internati in un bosco quando toccai l'altra sponda. Tuttavia una voce carezzevole mi chiese a bassa voce:

– Ti sei fatto male?

Carmela era al mio fianco, prese, non so come, il mio braccio sinistro, e posò la mia mano sul suo cuore che batteva fortemente. Camminavamo così quando tuonò il vocione del capitano:

– Dov'è la piccina?

Ella si gettò a sinistra e scomparve nel fitto del bosco. Trombardo fermatosi, aveva trattenuto ad uno ad uno tutti quelli che lo seguivano; quand'io venni ultimo c'era lì tutta la banda. Il capo parlava ansante, e balbettava quasi.

– Avete visto Carmela? – mi chiese.

– Non era davanti? – domandai io per schivare di dire una bugia.

– Cerchiamo insieme, – riprese il capitano sempre più angosciato, – uno, due, tre, Carmela!

– Cucù! – rispose una voce che veniva dall'alto d'un castagno.

– Che ragazza! – disse il capitano adirato, poi passandomi un braccio attorno al collo mi susurrò allegro:

– Per me, sono stanco dei suoi capricci, e se la voleste ve la darei volontieri. Peccato che vi detesti.

L'aria si fece più fredda, il cielo più pallido. Noi eravamo tutti stanchi e smorti.

– Dormiamo qui, – disse il comandante.

Fu obbedito alla lettera, ve lo assicuro io. Ci coricammo tutti alla meglio, meno la sentinella che faceva guardia accovacciata su un albero.

Quando mi svegliai, il capitano dormiva a qualche passo da me, e Carmela fra noi due colla testa appoggiata sul mio petto. Io guardai un momento quel viso un po' duro ed arcigno, ma raddolcito dal sonno che le confaceva. Le lunghe ciglia fremevano leggermente, la bocca sorrideva, i capelli uscivano dalla reticella, il corpo aggomitolato pareva dicesse: – Come si sta bene così! – Io dimenticai tuttavia che quella era una donna; ovvero, siamo sinceri, mi rimproverai di non dimenticarlo. L'abito che essa portava mi irritava contro di lei e contro me stesso. Mi allontanai adagio adagio scivolando sotto la testa di lei un mantello che avevo vicino, poi mi internai nel bosco, ed andai a riposarmi un cento passi più in là.

Fui svegliato da un colpo di fucile. I miei compagni fuggivano a gambe levate, dietro loro correvano due bersaglieri colla baionetta in canna. Sulle prime non compresi nulla; perchè questa fuga sbandata? I banditi erano undici, e non avevano contro che due uomini. Io osservai però che un bersagliere si voltava ogni tanto e soffiava nella tromba, ed uno squillo tremolante si diffondeva per tutto il bosco. Forse chiamavano soccorso, ma io aveva un bel guardare in tutti i sensi, girare il cannocchiale in ogni direzione, non vedevo venire nessuno. Tuttavia, quei due soldatini correvano sempre, e le penne di capone svolazzanti, e lo squillo che risuonava di tanto in tanto davan loro un non so che di allegro e di marziale.

Avevo due palle nella mia carabina, e sei cartucce nel mio revolver, avrei potuto senza fatica freddare quei due nemici che mi voltavano la schiena; non me ne venne nemmeno l'idea. Anzi, augurai loro buona fortuna. E poi venite a parlarmi di ciò che noi chiamiamo le nostre convinzioni. I due soldatini furono superati alla corsa; i montanari presero la via più cattiva e guadagnarono terreno, arrampicandosi su roccie sopra le quali correre era impossibile, poi disparvero completamente sull'orlo d'un precipizio. Nel frattempo Tartaglia era disceso dall'albero, dove aveva fatto sentinella; prima dell'arrivo dei bersaglieri egli si era addormentato e non aveva potuto dare l'allarme. Venne a me gridando come un'aquila rodendosi i pugni:

– Sorpresi! – disse, – battuti da due uomini, perchè non erano più di due! Carmela che non ha paura di nulla, fuorchè dei bersaglieri, è scappata la prima, Trombardo dietro lei, e dietro Trombardo tutti gli altri. Noi siamo perduti, rovinati.... – Scappato! – continuò cambiando tuono quando giunse allo spazio sboscato che ci aveva servito da dormitorio. La banda aveva abbandonato tutto, perfino i viveri. Tartaglia fece una capriola, si sedette per terra e mi disse ridendo: – Facciamo colazione.

Si fece una buona mangiata sull'erba. I bersaglieri tornarono, scambiarono tra loro alcune frasi nelle quali predominava la parola sacrament. Giunsero inaspettati come avevano fatto la mattina; noi eravamo troppo occupati per udire il fruscìo dei loro passi sulle foglie. Quando ci furono vicini, guardai Tartaglia, che mi figuravo spaventato. Tutt'altro! Egli si alzò e disse colla massima gentilezza

– Volete favorire?

– Di tutto cuore, – disse l'uno dei soldati, ma l'altro più accorto, quello che aveva la tromba, girava sospettoso gli occhi. Tartaglia se ne accorse e prevenendo le sue domande disse colla massima pacatezza:

– Voi signori siete giunti a proposito e ci avete reso il più gran servigio; eravamo prigionieri di questi infami briganti, che voi avete respinti eroicamente; il signore è un maggiore francese incaricato dall'imperatore Napoleone d'una missione confidenziale. Deve esaminare il brigantaggio, e renderne conto al suo governo; io sono pittore. Ma accomodatevi, via, mangiate, non fate complimenti.

Queste parole furono dette con tanta sicurezza e semplicità che i bersaglieri si sedettero.

– Eccovi un po' di formaggio piuttosto secco e del pane che non è tanto fresco, – continuò Tartaglia, – che volete? Chi va alla guerra mangia male e dorme in terra! Ma il vino è buono, bisogna bere alla salute di Vittorio Emanuele re d'Italia, al suo valoroso esercito! Al corpo intrepido dei bersaglieri! Vuotate, amici, vuotate il bicchiere! Questo è il più bel giorno della mia vita; io ballo come un pesce che dalla padella fosse saltato nel mare. Pensate un po': stanotte camminavamo tranquillamente laggiù sulla strada. Si voleva attraversar le montagne e passare negli Abruzzi. Quegli assassini ci piombarono addosso e dopo averci percossi, spogliati e legati, stavano per trascinarci nella loro tana e ci sarebbero riusciti, ma siete venuti voi, e ci avete salvati.... Amici, alla salute delle vostre belle! Ecco un'impresa che vi farà avere la medaglia al valor militare, due contro cento! perchè erano cento! Voi non li avete visti tutti. Si stamperà questo fatto in tutti i giornali. Non vi è nulla di più eroico nella storia romana. Andiamo! fratelli; ancora un altro: Viva l'Italia! Viva il Piemonte! Morte ai briganti ed al re Bomba!

Il progetto di Tartaglia era semplicissimo, voleva, mi disse poi, ubriacare i bersaglieri; addormentarli, ucciderli, poi toglier loro i vestiti ed i fucili, raccogliere le armi ed i bagagli dei compagni, e portar tutto sulla montagna. Ed avendogli fatto osservare che avrebbe commessa una vigliaccheria mi rispose:

– Maggiore del mio cuore, la guerra non è uno scambio di confetti. Se un grande impero addormenta il suo vicino cullandolo con lusinghe, poi piomba improvvisamente su lui, lo percote senza pietà, gli ruba l'orologio, i danari, e gli taglia un membro, tutti grideranno: gloria e vittoria! Se Tartaglia fa altrettanto: assassinio, tradimento! Non c'è giustizia.

Per fortuna il brigante non ebbe il tempo di comportarsi come un grande impero. Arrivarono degli altri bersaglieri che venivano a cercare i loro compagni. Allora solamente seppimo che questi ultimi incaricati di recare un ordine da un posto all'altro erano entrati nel bosco per camminare all'ombra e vi s'erano smarriti. Vedendoci bere fraternamente insieme non concepirono nessun sospetto sul nostro conto. La storia inventata da Tartaglia parve a tutti verosimile ed il luogotenente che comandava il piccolo distaccamento ammirò molto la bella condotta dei due bersaglieri.

– Per altro, – disse loro, – voi avete avuto un gran torto ad entrare nel bosco, non ostante l'itinerario prestabilito. Chiederò per voi la medaglia, ma avrete prima quindici giorni d'arresto.

Ecco come le armi ed i bagagli dei banditi caddero nelle mani dei Piemontesi. Si fece un bellissimo rapporto del fatto in cui si dicevano cento i briganti. Tartaglia li aveva veduti.

– Ma chi comandava la banda? – domandarono a quell'uomo tanto bene informato.

– Caruso in persona.

– Caruso! – disse l'ufficiale, – lo credeva a Benevento.

– È tanto vero che egli era qui, – affermò Tartaglia, – come è vero che Trombardo è nelle Calabrie.

Il giorno appresso l'agenzia Stefani annunciava all'agenzia Havas che Caruso, il famoso capo banda, chiuso da vicino dal colonnello Pallavicini s'era gettato nella Terra di Lavoro con più di cento uomini, per mettersi in salvo negli Stati pontifici: ma che, sorpreso da due bersaglieri del tal reggimento, del tal battaglione, della tal compagnia, aveva preso la fuga con tutti i suoi uomini, abbandonando i bagagli, le armi, e le munizioni (ufficiale).

Il luogotenente era un giovane piccolo ma ben fatto, molto svegliato, aveva l'occhio vivace, i mustacchi arricciati, il naso all'insù, un fare disinvolto, spaccone ed allegro, come la sua penna di cappone. Strada facendo mi raccontò la sua vita offrendomi da fumare un vegetale sconosciuto, le cui foglie arrotolate in forma di sigari prendevano il nome di Cavour. Quando m'abbandonò al prossimo villaggio, mi regalò la sua fotografia, e fece staccare per me il porto d'armi come aiutante di Napoleone III. Offersi qualche luigi ai bersaglieri che credevano averci liberati dai briganti; ma quei bravi giovani non vollero accettare le mie monete d'oro.

– Datele a me, – disse Tartaglia, che le cacciò senza esitare nel suo taschino.

Dopo ciò il pittore mi augurò buon viaggio. Prima di tornarsene sulla montagna voleva, come egli mi disse, andar a visitare il museo di Napoli.

Io poi salii sulla diligenza di X.... perchè di tutte le persone incontrate in questa campagna, una sola aveva conquistato il mio cuore: il giovane Angelo. Era riuscito a fuggire? Era da suo padre o a Napoli? Io temeva per lui i maggiori pericoli, Trombardo battuto, messo in fuga, spogliato delle armi, umiliato in ogni modo, era certo ritornato furibondo nella caverna. Quando i forti hanno ricevuto delle bastonate le rendono ai deboli.

Entrai quindi angosciato nella casa di Paglietta. Lo trovai in disperazione: suo figlio era ancora in potere dei briganti.

– Io vi conosco, – mi diss'egli, – Angelo mi scriveva tutti i giorni prima del ritorno di Trombardo. Portava i suoi scritti nella cavità d'una roccia dove un portalettere, al quale davo giornalmente trentacinque soldi, andava a prenderle. Voi avete dato al ragazzo un buon consiglio; niente era più facile d'una fuga. La notte della vostra partenza, i due guardiani erano ubriachi fradici. Due palle sarebbero bastate a freddarli; ma l'imbecille non ha voluto commettere un assassinio. Del resto avrebbe potuto farne a meno, ed arrivare al prossimo villaggio prima che i due masnadieri avessero digerito il vino bevuto, ma aveva seco il vecchio domestico, Domenico, un individuo rifinito, fiacco, sconquassato, che non può tenersi ritto e che non sarebbe stato capace di scendere al piano senza lasciare le sue ossa fra i ciottoli. Il ragazzo non volle abbandonare il vecchio Domenico, sacrificò il padre al servitore. Che ve ne pare? È il pervertimento d'ogni legge morale! Per restituirlo essi mi hanno chiesto duecento mila franchi in oro, un orologio di Ginevra, un orologio à remontoir, signor mio! Ha dovuto farlo comperare a Napoli. L'ho mandato, con un cannocchiale, un revolver, uno specchio, uno spazzolino da unghie. Non la finivano mai colle loro pretese! ma duecentomila franchi in oro dove pigliarli? Si trovano lì, su due piedi, duecentomila franchi? Chiesi loro del tempo, offersi loro venti, trenta, quaranta, cinquanta mila franchi in rendita italiana, delle obbligazioni della città di

Napoli, e perfino dell'imprestito Turco; è l'impiego che consigliano i parroci. Fatica sprecata, è oro che essi vogliono. Dieci mila marenghi. Molto di più! Trombardo avendo perduto il suo treno da campagna vuole che io lo rifornisca; ha bisogno di fucili, di zaini, di mantelli, di vestiti, di viveri. Ed io ho al mio comando un reggimento, che potrebbe dare la caccia a quelle belve! Un colonnello è venuto a offrirmelo, perchè questo ricatto ha fatto chiasso, tutti i giornali ne hanno parlato, perfino, in Francia... Il colonnello, dunque è venuto a chiedermi dov'era mio figlio, gli dovetti rispondere che non ne sapevo nulla, non solo, ma dovetti mettere fuori di strada e la polizia e l'esercito. Saranno forse diecimila combattenti tra guardie nazionali e soldati che battono i boschi della Basilicata e delle Calabrie per cercare la preda che è lassù a poca distanza da noi. Trombardo m'ha fatto avvertire che al primo movimento di truppe verso la montagna, Angelo cadrebbe morto. Voi comprendete la mia situazione, o signore, è ben tragica. Trovare dieci mila pezzi da venti franchi da adesso a stasera; perchè la dilazione accordatami scade fra poco! Se Trombardo non li ha, domani prima di mezzanotte.... Attenti!... fuoco! Povero padre!

Io cercai di consolare quell'uomo rispettabile e gli offersi i miei servigi; ma egli non aveva bisogno di me. I dieci mila pezzi da venti franchi, erano già nel forziere, e le armi e le munizioni in cantina. Non aveva nemmeno bisogno di un messo sicuro per portare il riscatto sulla montagna; padre Giacinto che aveva diretto tutte le negoziazioni se n'era incaricato.

– Io posso almeno far questo per voi, – dissi a quel povero ricco, – vado avanti ad annunciare a Trombardo che il suo denaro è pronto, e che lo riceverà all'ora stabilita. Potrò così calmarlo e rassicurare vostro figlio.

– Farete benissimo, – disse il vecchio Paglietta, che non m'invitò nemmeno a pranzo.

Presi una vettura ed a sera arrivai ai piedi del monte. Una o due pattuglie mi fermarono per via, ma alla vista del porto d'armi i carabinieri portarono la mano al cappello e mi lasciarono proseguire.

Arrivai piuttosto tardi alla caverna di Trombardo, all'ora della siesta. Tutti dormivano, e i rilievi della mensa mostravano che il desinare era stato ben magro; erano ridotti alla polenta. Osservai da lontano i miei compagni addormentati sulle pietre, o sull'erba; erano pallidi senz'armi, e parevano estenuati; mi venne, lo confesso, un'idea feroce; avevo due palle nella mia carabina, sempre quelle, e sei cartucce nel mio revolver; mi trattenni, certo per rispetto al sesto comandamento, ma anche perchè in quel momento feci questa riflessione: A che servirebbe? pensai. I due prigionieri là non c'erano. Erano tenuti, come seppi più tardi, nel fondo del sotterraneo, ciascuno era legato ad un brigante, che non poteva abbandonarli, ed era costretto così a far loro buona guardia. A questo ufficio avevano scelto due semplici soldati; i quali avevan l'ordine di non dormire che colla testa posata sul petto dei prigionieri.

Mi sedetti adunque tranquillamente dopo aver posato al piede d'un albero le armi e lo zaino di cui mi feci un guanciale; volli rispettare il sonno di quei poveri diavoli. Essi non rispettarono il mio. Io fui svegliato improvvisamente da una mano che mi serrava la gola; in un batter d'occhio, fui preso, legato, spinto contro l'albero, attaccato al tronco, tutti m'erano addosso, con spintoni, imprecazioni e ingiurie. Il luogotenente prese la mia carabina e Trombardo s'impadronì del mio revolver; quindi il terribile capo gettò su me uno sguardo minaccioso. Cosa gli avevo mai fatto? Avevo visto la sua vergogna, la sua fuga. E pensai che le prime idee, anche le più feroci, hanno spesso del buono.

– Tu ci hai tradito, – gridò Trombardo, con voce tonante; – tu ci hai abbandonati nella notte, sei andato in cerca dei bersaglieri, sei partito con loro, mentre asportavano le nostre armi. Sei stato visto in loro compagnia sulla strada maestra; pagherai ora il prezzo del tuo tradimento. Riuniamoci in consiglio di guerra.

Egli sedette sopra una roccia; i suoi uomini si disposero in giro, intorno a lui, in ordine di grado. Io m'aspettava un giudizio sommario. Carmela, seduta per terra, col mento sul pugno chiuso, mi guardava fisso. Improvvisamente, lo squillo d'una tromba, l'allegro squillo della tromba dei bersaglieri si udì dal fondo del bosco, e tutti i miei giudici scomparvero nella caverna: la pietra che serviva a chiuderla fu tirata dall'interno sull'apertura; e solo l'occhio di Dio avrebbe potuto sospettare che quindici persone erano nascoste sotto quella roccia.

Lo squillo s'avvicinò, ed io vidi comparire all'alto della salita una faccia ben nota. Era Tartaglia di ritorno; portava con sè una tromba rubata ai bersaglieri prima di lasciarli, perchè a mani vuote sarebbe tornato di mala voglia. Vedendomi legato all'albero, levò le mani al cielo.

– Mio povero Tartaglia, – gli dissi, quando mi fu vicino, – è destino che tu mi debba salvare la vita; liberami presto, e partiamo; qui non c'è buon'aria nè per me nè per te.

Mentre mi staccava, gli raccontai quanto era successo. Questo racconto non gli strappò che un'esclamazione: «Oh le donne!» Quando ebbi braccia e mani libere ripresi le armi che i briganti avevano lasciate indietro.

– Venite!... presto.

– Restiamo, – rispose il buon ladrone, che non mancava di coraggio.

– Ma sono ancora in undici.

– Nun ve n'incaricate! – rispose con un gesto di sdegno, – Trombardo era un leone: Carmela ne ha fatto una lepre.

Diede quindi un gran calcio alla pietra che chiudeva l'apertura, e la fece rotolare nel sotterraneo. Poi chiamò internamente: «Amici!» Ma nessuno ardì uscire. Egli entrò quindi, e restò più d'un'ora senza ricomparire. Egli difendeva la sua causa e la mia.

Per scolpare sè stesso non aveva che una sola parola da dire: «Io ritorno e porto una tromba,» ma per me la difesa doveva essere più difficile; Carmela s'era immischiata nella discussione, e mi attribuiva colpe gravissime.

– Dormiva vicino a noi nel bosco, – diceva essa; – perchè ci ha abbandonati? perchè non ci ha sostenuti? Se ritorna è per tradirci un'altra volta.

– Ebbene giacchè è necessario, vi dirò tutto, – balbettò Tartaglia ch'era stato primo buffo. – Quel giovane è innamorato pazzo di Carmela, e in quel giorno nel bosco tanto vicino a Lei soffriva troppo. Non ha nemmeno tentato di commettere una cattiva azione, sapendo, del resto, che sarebbe stata fatica sprecata.

– Se è così!... – disse Trombardo.

E Carmela rabbonita esclamò allegramente:

– Ha ditto ca mo veniva!

Espressione del paese che vuol dire: M'avrebbe aspettato un bel po'!

Io udii tutto dall'ingresso della caverna, a cui m'avvicinai un po' inquieto per Tartaglia che non ritornava.

Trombardo uscì dalla grotta, con volto raggiante e beffardo; mi si fece incontro cordialmente, mi presentò le sue scuse, ed ordinò agli altri di fare altrettanto. Gli altri ubbidirono di buona voglia, ma potei accorgermi dai loro sguardi che si burlavano di me. Carmela, più franca, mi mostrò i suoi trentadue denti, gettandomi in faccia per ischerno dei nomi di legumi. Trombardo in un tono per metà di rimprovero e per metà sorridente, le ordinò di rispettarmi.

– Non mi comprende, – diss'ella, – non mi ha mai compreso.

E scappò sulla roccia.

Allora soltanto potei chiedere notizie di Angelo. Trombardo riprese il suo fare severo.

– Il padre è un traditore ed un ladro, – mi diss'egli, – se il danaro non è qui a mezzanotte, il giovane morrà.

– Il riscatto verrà, – risposi io, – l'oro è preparato, l'ho visto.

– Ed i viveri? – chiese il luogotenente, – perchè noi moriamo di fame.

– Anche i viveri, le armi e tutto.

– Vedremo! – borbottò il comandante che si mise agitato a camminare come faceva ordinariamente nelle ore cattive.

Gli chiesi se avrei potuto veder i prigionieri, mi rispose un: «No,» secco secco e mi voltò le spalle.

– C'è temporale per aria, – predisse Tartaglia.

Credetti che l'artista parlasse metaforicamente perchè il tempo era stupendo, salendo un po' al disopra della foresta potevamo scorgere il mare; il sole pareva infiammasse le onde, nelle quali si tuffava; a poco a poco l'incendio si dilatò sopra il cielo, e tutto l'orizzonte diventò di fuoco.

– Magnifico! – esclamò Tartaglia, – ma dietro alle nostre spalle c'è dell'oscurità.

Io mirai la cima che brillava come un topazio, non si vedeva una nube sul firmamento. Un quarto d'ora dopo un vento del mattino cominciò a spingere sopra di noi dei turbini di fumo nero, e, prima che cadesse una sola goccia d'acqua, una striscia luminosa passò sulle nostre teste, ed andò a frantumare un albero a cento passi da noi. Il vento come una grande ondata, discese la china e curvò la foresta che parve sradicasse. Per venti minuti fu un lampeggiare, un tuonare continuo, una fiamma che ruggiva, da cui scaturivano in alto in linee oblique ed interrotte striscie bianche più vive, e rumori più scricchiolanti e decisi. Avevamo contemporaneamente, la pioggia, la gragnuola, il fulmine, raffiche, ondate d'acqua e di vento, l'inondazione, l'incendio, un fracasso come d'eruzione e di franamento, un tumulto orribile.

– Stupendo! – esclamò Tartaglia, inebriato d'entusiasmo.

– Che tempo da cani! – pensai io; – il padre Giacinto non verrà.

Il temporale discese al piano, ma la mia angoscia crebbe di momento in momento. Addossato ad una roccia che mi teneva riparato dal vento, guardavo il mio orologio al chiarore d'ogni lampo, mentre Trombardo che andava sempre su e giù, faceva suonare il suo. I minuti passavano con una rapidità sinistra. Io immergevo gli sguardi nel piano, e non scorgevo che un abisso tenebroso.

– Non vedi nulla? – chiesi a Tartaglia.

– Non vedo nulla, – mi rispose accendendo la sua pipa.

Finalmente Trombardo rimise l'orologio all'orecchio e contò fino a dodici.

– Orsù! ci siamo; – disse con voce da gran giustiziere; – conducete i prigionieri e accendete le torcie.

– Scusate, capitano, il vostro orologio va avanti! – esclamai io, più forte che potei, tanto avevo il cuore serrato.

– Come? va avanti?

– Non sono che le undici e trentacinque.

– Il vostro orologio va male, il mio è di Ginevra.

– Anche il mio.

– È una ripetizione a remontoir.

– È un cronometro a àncora.

– Il vecchio ladro m'ha dunque truffato, – gridò, – tanto peggio per lui. Se l'orologio non va bene, è colpa sua. Andiamo. Torcie e prigionieri.

– Aspettate! aspettate! ve ne scongiuro! – e mi precipito nella caverna.

– Ah! maggiore, non siate insubordinato; altrimenti vi giudicheremo per primo.

– Ebbene! sia pure. Venite a prendermi, – e strinsi il mio revolver.

Le torce accese davano alla scena un effetto drammatico. Io non lasciai partire il colpo, volli semplicemente spaventare Trombardo, ma egli non temeva che i bersaglieri. Non avevo ancor finita la frase che i miei polsi erano serrati fra i suoi pugni, e le sue unghie mi entravano nella pelle.

– Che robb'è? – domandò Carmela, che giunse a proposito, mentre io stava per gridare dal dolore davanti a tutti. Trombardo non mi lasciò, ma aperse un po' la morsa.

La questione fu sottoposta al giudizio della giovane; io fremeva d'ansietà pensando che la vita di due uomini, di tre forse, dipendeva dal capriccio d'una fanciulla.

V.

Carmela si mise a riflettere per la prima volta in vita sua. Lo fece maliziosamente perchè io soffrissi un po'? Non lo so; non ho mai potuto comprendere le donne. Rimase pensierosa pochi minuti che mi parvero secoli. Stava in piedi, colla fronte piegata, colle braccia incrociate; finalmente sollevò la testa e stava per pronunciare il giudizio di vita o morte, quando Tartaglia fece squillare la sua tromba. Tutti gli sguardi si volsero a lui; credo che due briganti si siano gettati colla testa verso l'ingresso della caverna.

– Una luce là al basso, una luce che va indietro! È il padre Giacinto che ci porta da mangiare, e ci ordina di scendere. Andiamo tutti. – E partì pel primo.

Gli altri gli corsero dietro alla rinfusa non ostante le grida di Trombardo, che buttava i suoi comandi al vento: ventre digiuno non ode nessuno. Carmela era stata la seconda ad andarsene, Trombardo le si lanciò dietro per raggiungerla. Ed io rimasi solo sulla piattaforma, mentre le torcie e gli uomini discendevano precipitosamente attraverso la foresta. Non s'erano dimenticati che dei prigionieri; io discesi a slegarli nella fossa dove si credevano sepolti vivi. Essi erano così deboli e infiacchiti dall'inedia che senza un po' d'acquavite che avevo nella mia fiaschetta ed un po' di carne salata nel mio zaino, non avrebbero potuto uscire dal sotterraneo.

– Che faremo adesso? – chiesi io, vi sentite in forza per scappare?

– Io, sì, – disse Angelo; – ma Domenico....

Risolvemmo adunque d'andare alla casa abbandonata dove il padre Giacinto ci attendeva. Era andare in bocca al lupo; ma i briganti sono uomini di parola. Pagato il riscatto non trattengono mai i prigionieri. Quando si giunse alla casa dove il monaco m'aveva presentato a Trombardo, i briganti seduti in cerchio attorno alla lanterna divoravano quanto capitava loro nelle mani. Il sacco che conteneva i viveri era stato vuotato tutto sul pavimento. Al nostro arrivo, nessuno si disturbò nemmeno per farci un po' di largo, nessuno si voltò per dirci buon giorno. Il luogotenente aveva in bocca un intero pollo, Fiascone ed il sotto luogotenente cominciavano a piegarsi l'uno verso l'altro; Giacinto discorreva con Trombardo che l'ascoltava mangiando. Io mi sedetti con Angelo in un cantuccio della stanza, e Carmela venne ad accovacciarsi dall'altra parte del bel giovane, lo colmò di gentilezze, e gli rivolse le parole più carezzevoli: mio bene, anima mia, angelo del mio cuore! Essa lo servì coi bocconi più delicati, e per dargli a bere prese a prestito la mia fiaschetta. Trombardo era troppo occupato a mangiare per vedere tutto questo armeggìo; c'erano del resto quattro o cinque robusti omaccioni tra lui e i due giovani.

Soddisfatto l'appetito, le fronti si rasserenarono, le guancie si gonfiarono, le lingue ruppero il ghiaccio, e tutta la banda si mise in allegria. Padre Giacinto che era venuto a sedersi vicino a me, mi disse con convinzione:

– Vedete i buoni effetti della tavola! Quando entrarono qui erano bestie feroci, adesso sono uomini piacevoli.

Dopo un quarto d'ora lo schiamazzo s'era fatto spaventevole. Gli uni ridevano a crepapelle, gli altri si lanciavano bestemmie; il luogotenente pareva sprofondato in una meditazione estatica; Fiascone colla testa all'indietro e le braccia distese verso il soffitto cantava: O bell'alma innamorata! Il sotto luogotenente piangeva a calde lagrime; due caporali, si gettavano, uno nelle braccia dell'altro, si giuravano amicizia per la vita e per la morte; Tartaglia scarabocchiava col carbone scene mitologiche sulla parete, e Trombardo lungo disteso si sforzava a cavare dei suoni da un revolver nel quale soffiava come in un fischietto. Questa confusione alla fine mi annoiò, ed io andai a dormire in un'altra stanza.

Quando mi ridestai fu una festa per me la vista della montagna. Nulla può paragonarsi per freschezza ed allegria ad una mattina dopo il temporale. Gli alberi parevano ringiovaniti di tre mesi, le foglie ridipinte, gli uccelli intuonavano dei concerti, ed il sole s'avvoltolava sul verde con gioia infantile. Credevo che tutti dormissero; m'ingannavo: vidi Carmela ed Angelo sbucare all'improvviso da un sentiero che si perdeva fra le piante. Essa rideva come una matta, egli era rosso come un gambero cotto.

– Ebbene! mio caro, – gli dissi andandogli incontro, – ecco un bel giorno. Tu sei libero, noi partiremo subito, e stasera potrai vedere tuo padre.

Mi rispose balbettando, che aveva cambiato idea e che voleva restarsene coi briganti.

– Per far che, buon Dio?

– Per sposare Carmela.

– Sei matto! – esclamai.

Ma egli alzando la testa:

– È deciso irrevocabilmente.

Il padre Giacinto usciva allora dalla casa con volto gioviale e riposato. Io corsi verso quell'uomo pieno di espedienti e gli esposi la risoluzione d'Angelo. Non ne fu affatto meravigliato, perchè persisteva nella sua opinione che la montagna vale la pianura e che tra Carmela ed una signora non c'era che una diversità d'alimentazione.

– Tuttavia, – confessò, – Angelo non deve restarsene con questa gente, non ha una costituzione abbastanza forte. Bisogna pensare altrimenti.

E trovando tutto ad un tratto la sua idea andò difilato a Carmela, che si teneva a qualche distanza e ci guardava coi suoi occhi scintillanti. Non so cosa le dicesse, so soltanto che un'ora dopo Giacinto, Domenico, Angelo ed io sopra dei muli che erano stati condotti per noi eravamo già sulla strada maestra. Carmela ci correva dietro vestita da mulattiere. I briganti addormentati non ci avevano uditi partire. Per tutta la strada Angelo non fece che ripetermi con voce lamentosa:

– Mio padre non sarà contento di sicuro! Perchè non m'avete lasciato sulla montagna? Se egli rifiuta ritorno con lei, oppure la uccido e poi mi uccido anch'io.

– Sì, amor mio, – rispondeva Carmela, che di tanto in tanto saltava in groppa dietro al vecchio Domenico.

Giacinto mi disse mostrandomela:

– Osservate una cosa, essa non salta mai sul mulo d'Angelo. Quando ero servitore di piazza a Napoli, condussi un giorno a Pompei una coppia di sposini. Erano tedeschi, si viaggiava in seconda classe, ebbene non tralasciavano un istante di abbracciarsi e baciarsi nel vagone, i nostri compagni di vettura ne erano scandalezzati. Essi s'abbracciarono anche nella basilica, nel tempio di Giove e perfino nella via delle Tombe, che è un sacrilegio. Lo scommetterei, Carmela non s'è mai permessa la minima famigliarità col capo dei briganti in vostra presenza.

– È vero, – risposi.

– Vedete, vi sono dei buoni costumi anche al mezzogiorno.

Al vecchio Domenico venne un'idea:

– Se si introducesse Carmela in casa così vestita da uomo senza dirne niente al signor padrone? Ci sono in casa nostra tanti domestici che una bocca di più conta per nulla.

Ma Angelo s'oppose energicamente a questa profanazione.

– Carmela, – disse, – deve essere mia moglie.... non la lascierei un giorno solo in anticamera. Se uno di noi due deve servire l'altro, tocca a me.

Il vecchio Paglietta ci accolse cortesemente, ed abbracciò il figlio con tenerezza, ma quando seppe che eravamo partiti mentre i briganti dormivano, esclamò indignato:

– E non mi avete riportato il denaro? Siete veri imbecilli.

– Ci vuole della probità su questa terra, – rispose il padre Giacinto.

Arrivò finalmente il gran momento; in cui era d'uopo presentare Carmela. Il capuccino s'incaricò delle trattative. Prese il giudice in disparte e voltandoci la schiena lo condusse fino alla quinta stanza che precedeva il salone. Arrivati là i due uomini si voltarono e tornarono verso di noi. Giacinto gesticolava freneticamente, ed il vecchio giudice teneva tutto il suo naso, che era molto grande, in una mano; era buon segno. Faceva quel gesto quando aveva voglia di ridere.

– Benissimo, – diss'egli a suo figlio, appena ci fu vicino, – non dico di no. Questa ragazza, – aggiunse, additando Carmela vestita ancora da mulattiere, e percotendola leggermente sulla guancia con un fare paterno, – mi pare che ti convenga. Soltanto, figlio mio, tu sei troppo giovane per ammogliarti. Andrai adesso a Napoli e vi finirai i tuoi studi. In questo frattempo terrò qui la tua fidanzata, le farò imparare quello che è indispensabile, un po' di musica e d'alfabeto. Voi vi rivedrete entro un anno; fino a quel giorno abbia giudizio e fatti uomo.

Angelo avrebbe voluto protestare, opporre della resistenza, ma Giacinto gli fece capire a forza di ragionamenti che suo padre era un vecchio che s'irritava facilmente; e che gli aveva fatte anche troppe concessioni. Partimmo adunque per Napoli, Domenico, Angelo ed io. Gli addii furono tenerissimi. Dal principio alla fine del viaggio il povero ragazzo non fece che piangere.

Quando si discese all'Albergo Roma, chiese carta, penna e calamaio, e scrisse a Carmela, la quale non sapeva leggere, una lettera di dieci pagine. Ricominciò il giorno dopo, e non tralasciò di scrivere, che per venire da me e parlarmi di lei, mentre guardava il Vesuvio ed il mare. Lo consigliai a seguire il corso di diritto. Mi rispose, in versi tedeschi, che aveva studiato perfino, orribile a dirsi! perfino la teologia e che ne sapeva tanto come prima. Per distrarlo, una bella sera entrai con lui in un forno dove un migliaio di brave persone stipate in platea e nei palchi facevano un interminabile bagno caldo. Un telone s'alzò e si sparse per la sala un soffio di aria abbastanza fredda. Quindi alcune persone che non conoscevo entrarono in scena e si misero a discorrere dei loro affari. Nel corso di questo divertimento m'asciugai la fronte e mi feci vento col cappello. Angelo invece s'interessava molto alla commedia. L'azione si svolgeva a Genova, e la parte di servetta era recitata da una fanciulla molto bruna, avvolta con fare seducente in un velo bianco. Io trovai che somigliava ad una mosca caduta nel latte, ma Angelo che non l'abbandonò un istante cogli occhi volle sostenere che rassomigliava a Carmela. Se la svignò tra un atto e l'altro, e non lo rividi che un mese dopo. Aveva un fiore all'occhiello, ed il cappello a sghimbescio. Veniva a chiedermi danaro ed a offrirmi una cena all'osteria di Frisio in allegra compagnia. L'osteria di Frisio dove si desinò su una terrazza in riva al mare, tra degli scogli pittoreschi, m'avrebbe sedotto, ma la buona compagnia mi parve sospetta. Angelo fu punto dal mio rifiuto, ed il giorno dopo cambiò albergo. Io non dovevo più vederlo; egli poi non m'ha più reso il mio danaro.

Incontrai un giorno Domenico e gli chiesi nuove del suo padrone. Mi rispose che non sapeva da che parte pigliarlo, e che dopo molti sforzi inutili s'era deciso a tenerlo d'occhio da lontano.

– E Carmela? – chiesi io al buon vecchio.

– Ah! voi non sapete nulla? – mi diss'egli ridendo a crepapelle. – Il giorno che noi siamo partiti, il signor Paglietta, mio padrone, l'ha fatta legare ben bene con delle corde e gettare in fondo ad una cantina. Poi ha scritto a Trombardo che gliela renderebbe verso restituzione di quanto gli aveva mandato, del danaro, delle armi, del resto, e perfino dello spazzolino da unghie e dello specchio. Il brigante ha conteso a lungo, ma alla fine ha dovuto cedere. Che volete? Egli è innamorato cotto di quella giovane.

Qualche giorno dopo questo incontro, abbandonai l'antico regno di Napoli dove avevo molto imparato. Dalla mia campagna pel trono e per l'altare riportavo la mia carabina ed il mio revolver, le due palle e le sei cartucce vi sono ancora.

Qui finirebbe la storia, miei amici, se non me ne ritornassi adesso dall'Italia.

Sissignori; quindici giorni fa mi trovavo in una delle cento città di quel bel paese. Il sindaco, che conoscevo, m'aveva parlato d'un ospitale aperto nella città e diretto da un exfrate, filosofo e filantropo ad un tempo, che pretendeva di guarire i malati dando loro dei buoni pranzi. Da questi connotati indovinai il padre Giacinto; non m'ingannavo. Egli mi ricevette a braccia aperte, e mi disse cosa avvenne dei miei amici di quindici anni fa.

«Trombardo ha continuato ancora un po' di tempo, per rifarsi, la campagna in favore del papa e di Francesco II. Quando ebbe tre o quattrocento mila franchi in oro in una buca conosciuta da lui solo, congedò la banda, si tagliò i baffi ed aperse un albergo sontuoso, non vi dirò dove. Alcuni maldicenti pretendono che non abbia cambiato mestiere e che continui a svaligiare i forestieri. Tartaglia fa adesso quadri per le chiese. Gli altri della banda hanno finito male, alcuni fucilati, altri all'ergastolo; il sotto luogotenente e Fiascone sono diventati pazzi, ma io spero di guarirli. Il vecchio Paglietta è stato colpito d'apoplessia, ricevendo dai creditori di suo figlio una nota collettiva di duecento mila franchi; voi vedete che quel danaro ha fatto dei buoni viaggi. Angelo s'è tranquillizzato; dopo aver divorato l'eredità di suo padre, decifra adesso delle iscrizioni per antiquari tedeschi che lo pagano male.

«Carmela è da dieci anni la moglie legittima di Trombardo. Abbandonando la montagna e cambiando vita, prese una specie di tifo che le fece perdere la memoria. Ha adesso dei sentimenti pietosi; è stata vista a Lourdes. Io poi continuo le mie esperienze sul genere umano. Ho passata la vita a cercare qualche diversità tra gli uomini e non ne ho trovata mai. Io volli soltanto esser convinto in buona fede, ciò che nel mondo non fanno tutti. Ho perciò riunito in questa casa alcuni alienati che tutti dicono tanto differenti dagli altri, ma più li studio più mi persuado che ci somigliano, hanno i nostri appetiti, le nostre passioni, le nostre fissazioni; sola differenza è che le mostrano con una franchezza che noi non abbiamo più. Perciò, amico mio, non andiamo troppo orgogliosi del nostro sapere. Ma ho predicato anche troppo, mettiamoci a tavola. Quel che più importa è credere in Dio, amare gli uomini, e nutrirsi bene.»

MISS URAGANO

I.

La vidi per la prima volta a Napoli, nel settembre del 1860, portava una casacca rossa ed un cappello all'ungherese; tutta la sua persona magra ed ardente era in movimento; i piedi non stavano fermi, i ginocchi tremavano per impazienza, le braccia si dimenavano con agitazione, le mani tagliavano nervosamente l'aria, i capelli castani corti fremevano, la parlantina poi irritava più di tutto. Piombò in casa mia come una bomba, domandandomi una lettera d'introduzione per Garibaldi, senza dirmi chi era, d'onde veniva, chi me la raccomandava; non seppi mai nulla del suo passato, non perchè essa cercasse di nasconderlo sotto un velo od una maschera, ma perchè, noncurante di quanto si riferiva alla propria persona, non aveva altro in mente che il bene del prossimo. Molto sobria e saggia, senza moine, quasi senza bisogni, prendeva a prestito del danaro da tutti, e lo dava senza contarlo al primo venuto. Coloro che le erano obbligati la credevano milionaria, e cinque o sei albergatori che essa non pagava la misero alla porta. Parlava tutte le lingue con un accento incoreggibile che la palesava inglese, e questa qualità unita alle sue maniere burrascose l'aveva fatta soprannominare Miss Uragan.

Era venuta a Napoli coll'intenzione di combattere davanti a Capua contro le truppe di Francesco II; contemporaneamente voleva moralizzare il popolo e convertirlo al protestantesimo. Fu messa all'ambulanza; accettò quel difficile còmpito con una completa sommissione; ma vi mise tanta passione, tanto furore, una sensibilità così nervosa gridando più forte dei feriti, irritandosi contro la barbarie dei chirurghi, discutendo coi preti al capezzale dei moribondi, che il generale Bixio, il quale non era molto paziente, la pregò di tornarsene a Napoli. Allora essa riprese l'opera di moralizzazione e di conversione suggeritale dal clergyman del suo villaggio: dall'alba al tramonto sgambettava da un asilo ad un rifugio, da un ospitale ad un ospizio, da un convento ad un altro convento, e tornava dalle sue escursioni con delle collere perfettamente giustificate, ma con dei piani di riforma da spaventare i radicali più risoluti. Chiedeva che si mettessero a pane ed acqua, in un'isola, tutti i soprintendenti, direttori, governatori, cardinali, vescovi, curati, monaci e sacrestani, monache e converse, medici, infermieri, farmacisti, impiegati, servitori, in conclusione dall'alto in basso tutto il personale delle istituzioni di beneficenza, e delle opere pie. Il sindaco di Napoli, uomo di spirito, le disse un giorno col sorriso sulle labbra:

– Se noi deportiamo tutti quelli che hanno sporcato il paese, chi resterà per spazzarlo?

Una mattina miss Uragan venne a prendermi per un braccio e mi trascinò fino all'ingresso d'una grotta alta, scavata tempo addietro nella collina da alcuni manovali che ne estrassero il tufo. L'interno della caverna era ammobigliato da molte file di letti tanto vicini da toccarsi quasi, pareva la sala dell'ospizio degl'Incurabili. Dopo venti minuti fui costretto a retrocedere turandomi le narici.

– Siete molto delicato, – mi disse miss Uragan, – eppure là vivono centinaia di cristiani che valgono quanto noi. Intere famiglie prendono a pigione un posto; cioè un letto dove dormono insieme il padre, la madre, ed i figliuoli piccini e grandi, maschi e femmine. Eccovi un foro nel muro pel quale entra un po' di luce e d'aria; questo è un buon posto, costa dieci lire al mese; qui abitano gli aristocratici; essi disprezzano quelli che vivono là in fondo all'ombra, e che spendono appena venticinque soldi al mese. Questa buona gente fabbrica cordami, lavora diciotto ore al giorno, e guadagna, sapete quanto? Dieci soldi! I fanciulli girano la ruota dalla mattina alla sera a un soldo il giorno, mangiano castagne secche e dormono sulla paglia, dove la notte vengono i topi a trovarli ed a rosicchiare i loro vestiti. Per allontanare queste bestie orribili, la madre getta dei ciottoli contro il muro. Nevvero, Marianna?

Una donna ancora giovane e già appassita, che stava torcendo del canape, sollevando la testa e fissandoci coi suoi occhi timidi e rossi, confermò le parole dell'Inglese, che le aveva già parlato il dì innanzi, ed aggiunse che dei dieci soldi, frutto delle sue diciotto ore di lavoro, doveva spenderne cinque per comperare il canape, e per pigliare a nolo la ruota. Marianna non pertanto viveva, e vivevano anche i suoi cinque fanciulli; il padre poi esercitava il mestiere di mendicante, e perdeva al lotto cinque piastre ogni settimana. D'inverno, meno male, ancora la poteva andare, ma in estate, che è la cattiva stagione nei paesi meridionali, la vita dei poveri diventava assai penosa, specialmente quando non pioveva. Bisognava andare molto lontano a cercare dell'acqua, fino alla fontana, e pagare il camorrista che s'approfittava della sete dei deboli e dei timidi; ciò costava un occhio della testa. La funaiuola concluse:

– E pure s'arremedia.

– Sentite un po', – disse miss Uragan, che aveva dei moti subitanei, – volete darmi uno dei vostri figliuoli?

– Chesto po' no! – esclamò Marianna alzandosi di scatto, smorzando gli occhietti grigi della Inglese sotto il fuoco de' suoi occhioni neri.

– Voi non mi comprendete, Marianna, io non voglio portarvi via il vostro figlio, io voglio solo educarlo pel vostro bene e pel suo; mi voglio incaricare di lui a mie spese; ma voi avrete sempre vostro figlio. Lo vedrete quando vorrete, e lo riprenderete quando vi piacerà riaverlo.

– Se è così, – rispose Marianna, con un resto d'esitazione; – domanderò al signor prete.

– Sempre questo signor prete! – borbottò miss Uragan quando fummo fuor della grotta. – Vedrete che rifiuterà di accordarmi il fanciullo. Ma io lo piglierò per forza. Ed ora venite, non avete ancor visto nulla. Io voglio mostrarvi la peggior miseria. Nella grotta dei funaiuoli, almeno si lavora, e quando il tempo è bello tutta quella folla esce come uno sciame di formiche per andare al sole a torcere il canape ed a girar la ruota. Discendiamo nel quartiere del porto, vedrete quelli che non lavorano.

Fu duopo discendere al porto e visitare una di quelle case popolari che si dicono fondaci. Era qualche cosa di orribile. Un grande corridoio senza porta che dava nella strada, un cortile immondo, una scala fangosa, sei piani di otto stanze senza aria nè sole. Nel cortile era traboccata l'acqua della fogna, alcuni sorci traversavano il pantano, delle donne ridevano sgangheratamente contemplando lo spettacolo. Ad ogni piano la prima stanza senza finestra riceveva un po' di luce da una porta aperta sul pianerottolo, la seconda era rischiarata dalla prima, la terza dalla seconda e così di seguito fino all'ottava, che pare, entrando, una celletta buia. Qua e là alcuni fori che s'aprivano nei muri erano aperture che comunicavano col pozzo ovvero colla fogna, perchè nel sottosuolo di quella casa sinistra, il pozzo e la fogna si univano tra loro. Una donna che tirava l'acqua in nostra presenza, ne cavò un secchio pieno di melma, e ce lo mostrò ridendo; quei disgraziati ridono sempre! In ogni stanza abitavano parecchie famiglie, le une avevano un letto, le altre dormivano sulla paglia fradicia; quella paglia l'ho vista camminare: Dio sa che sorta di viaggiatori la portavano in giro! L'affitto di una di quelle stanze, che non erano state più imbiancate dopo il cólera del 1837, costava da otto a quindici franchi mensili. V'era là una donna di vent'anni moribonda. Essa teneva un bambino attaccato alla mammella; le donne attorno la compiangevano solo per i bei capelli che l'inferma s'era dovuto lasciar tagliare.

Un po' più in là, mi mostrarono una piccina alla quale i sorci avevano divorato un occhio. – «Se almeno glieli avessero divorati tutt'e due! – dicevano le comari, – la povera creatura andrebbe all'asilo dei ciechi ed avrebbe pane per tutta la vita, senza lavorare; ma così, cosa potrà fare con un occhio solo? Nessuno la vorrà....»

Tale era il fondaco che noi abbiamo visitato, e ve n'erano altri cento di simili, abitato ognuno da un centinaio di miserabili, e battezzati con nomi burleschi o ironici: San Crispino, Strangolasorci, Amordivino. Uscendo da quel canile, incontrammo nella via un ragazzone di quindici anni che percoteva i piccini e sgraffignava le loro trottole. Miss Uragan con un oggetto che aveva sempre in mano e che le serviva da bastone, da ombrello e da ombrellino, percosse quell'arrogante, che portando subito la mano alla guancia, si mise a piangere; quando ritirò la mano la guancia sanguinava. Si può scommettere cento contro uno, che quel furbo s'era ferito da sè. La Inglese tuttavia ne ebbe rimorso, e mi chiese cento soldi per riparare il suo fallo; fatto questo, invitò il ragazzo a seguirci, e lo allogò presso di me come lustrascarpe.

Pallone (così lo chiamavano i compagni perchè menava vanto volentieri delle sue gesta) era un giovane robusto. Nato in un fondaco da padre ignoto, da una madre dimenticata, non conosceva nessun mestiere, e tanto meno l'alfabeto, e viveva sulla via non si sa di cosa; si vantava di derubare i passanti, e di intimidire la pubblica forza. Aveva due occhi tagliati obliquamente; le sopracciglia si univano sopra il naso e formavano un accento circonflesso. Un ciuffo di capelli che aveva lasciato crescere al disopra della fronte, e che egli sollevava con arroganza, imponeva a molti. Era accorto ed industrioso; in meno d'un giorno imparò ad arrotolarmi le sigarette ed a fumarle, a lustrare i miei stivali ed a calzarli, a spazzolarmi i vestiti, ed a vuotarmi le tasche; quando andò via da me, passò al servizio di Alessandro Dumas, allora a Napoli, e trovò modo di rubargli un cavallo. Aveva tutti i vizi, non si poteva frenarlo che colla religione, poichè credeva al diavolo, e borbottava ogni sera un Pater del quale storpiava così le prime parole: Patre nuo ste qu es in cielo, san Vincenzo eo nomme tuje. Una sera che gli mostrai una stampa rappresentante il giudizio universale, sulla quale si vedeva il diavolo Caronte respingere a colpi di remo i dannati nello Stige, Pallone mi rese un fazzoletto, un portamonete, un portasigari, un fascio di chiavi, pretese di averli strappati, rischiando la sua vita, alle mani d'un assassino armato fino ai denti.

Oltre l'inferno, Pallone temeva il bastone, che non gli impediva di agir male; ma che lo forzava a confessare i misfatti ed a ripararli. Si lasciava schiaffeggiare anche da persone più deboli, quando avevano la giubba; i galantuomini, ch'egli detestava e saccheggiava senza scrupoli, erano per lui esseri superiori che avevano il diritto di batterlo e d'insultarlo, si curvava loro dinanzi ma frugava nelle loro tasche. Ecco come in grazia della religione e del randello si poteva vivere con Pallone e coi suoi simili. Miss Uragan intraprese la cura di quest'anima, e contemporaneamente volle educare, nonostante tutte le resistenze, uno dei fanciulli di Marianna, il piccolo Toniello.

Non vi riuscì senza lotte; il padre, che, mendicante, era conosciuto col soprannome di Chiagnone (Piagnone), rifiutava di dare suo figlio ad una straniera. Miss Uragan volle parlare a questo brav'uomo, e dopo averlo cercato a lungo, lo trovò stabilito in un pendìo ripido e dritto che dalla città bassa sale al forte di Sant'Elmo. Vedendola giungere, Chiagnone, che non la conosceva, intuonò cogli occhi chiusi, e colle mani tese, una interminabile cantilena nella quale invocava Santa Lucia la patrona dei ciechi, con una voce talmente piagnucolosa da intenerire un filantropo di professione. La Inglese si sedette su una panchina vicino a lui, ed invece di danaro gli diede buone parole. Ella gli chiese da quando, e per qual disgrazia egli era cieco, e voleva condurlo subito dal giovane dottor Quadri che cura gratuitamente i poveri. Chiagnone si rivoltò come se si fosse trattato di condurlo al patibolo; dovette però cedere quando intervennero due agenti di questura che prendendolo ciascuno per un braccio, lo trascinarono a forza dal chirurgo.

In quel tempo, grazie all'energica iniziativa di un uomo dabbene, il signor Leopoldo Rodinò, era stata dichiarata la guerra ai tredici mila mendicanti che aveva lasciati a Napoli l'antico regime; si dava loro la caccia, e venivano distribuiti nelle scuole, negli opifici, negli ospizi e negli ospitali: la polizia era agli ordini del signor Rodinò, ed al servizio di quest'opera buona. Chiagnone si dimenava come un indemoniato vociando contro la tirannia dei Piemontesi.

– Ma se voi mi ridonate la vista, mi togliete il mezzo di guadagnarmi il pane! – urlava egli agli agenti, che lo tenevano fermo.

Il dottore esaminò quell'uomo all'oftalmoscopio e non gli trovò nessun male.

– Sei tu veramente cieco?

– Com'è vero Dio, – rispose Chiagnone alzando un braccio al cielo.

– Se è così non c'è che un mezzo per guarirti, bisogna bruciarti la palpebra con un ferro rovente. Portatemi i ferri!

– Ci vedo! ci vedo! – gridò Chiagnone aprendo due occhi grandi, e cercando di scappare; ma miss Uragan lo trattenne per un braccio.

– Poichè voi ci vedete, – le disse (essa non dava a nessuno del tu, gli Inglesi non sono buoni di dare del tu), giacchè voi ci vedete, perchè mendicate?

– È forse meglio che rubi?

– Voi potreste lavorare.

– Ho moglie e cinque figli, come potrei nutrirli se lavorassi?

Lo si mise a Scafati in una manifattura dove avrebbe guadagnato largamente da vivere. Egli scappò alla montagna, si fece borbonico e lavorò qualche tempo pel trono e per l'altare, arrestando i passeggeri sulla via di Pesto. Questo mestiere gli procurò molto denaro ed un reumatismo; andò a ristabilirsi in un convento, dove vestì la tonaca. Ma l'asino perde il pelo e mai il vizio. Un bel mattino, a pochi passi dal monastero, senza svestire il suo vestito da monaco, volle avvicinare un viandante che aveva una catena d'oro; il viandante lo abbrancò al collo, e lo consegnò alle guardie nazionali che lo fucilarono.

La fuga di Chiagnone aveva liberato miss Uragan da un avversario, ma bisognava guadagnare l'altro, il prete che era l'oracolo di Marianna, ed ottenere da lui il permesso di educare il piccolo Toniello.

La Inglese andò quindi da don Cristoforo (come lo si chiamava nella parrocchia) e trovò un uomo tondo tondo, col naso all'insù, cogli occhi aperti come la bocca, seduto a tavola davanti una zuppiera di maccheroni coi pomidoro, spolverati di cacio cavallo.

– Servitevi, – disse il prete offrendo il piatto a miss Uragan, che rifiutò con un gesto e sedette senza complimenti, per entrar subito in materia, e fare la sua domanda.

Don Cristoforo non perdeva un boccone, rispondendo ad ogni frase con un ahi! che non significava nè sì nè no, nè meglio nè peggio. Quando ebbe vuotata la sua zuppiera, disse alla Perpetua di sparecchiare.

– Le paste sono un po' cotte, vecchietta mia. Domani non le lascerai nell'acqua bollente più del tempo d'un ave Maria.

Poi volgendosi verso l'Inglese:

– Così, mia cara signora, voi volete il piccolo Toniello. Non dico di no, non ho mai impedito alle persone di fare del bene. Ma siete voi certa di fare del bene al piccolo Toniello?

– Se ne sono certa? Saprà leggere, scrivere, fare i conti, avrà abiti pesanti e le mani pulite, potrà mangiare a sazietà; imparerà l'inglese. Lo salverò dall'ignoranza e dalla miseria.

– Sarà, – disse don Cristoforo incrociando le mani sul petto, e piegando i pollici. – Resta a sapersi se con dei begli abiti, una buona tavola, dei libri, e dell'inglese, egli si troverà meglio e sarà migliore.

– Voi non ci pensate, mio caro don Cristoforo. Tutti i mali derivano dall'ignoranza e dalla miseria. Non si può riformare questo paese che con scuole, e lavoro.

– Sarà! Altri pensano che tutti i mali derivino dai nostri bisogni, e che l'uomo più felice è quello che può far a meno d'un numero maggiore di cose. Eccovi un ragazzo che vive contento con una camicia di tela ed un soldo di castagne secche; voi l'abituerete ai vestiti di lana ed ai pasticcini. Provate, cara signora mia, e che la madonna vi assista! Quando avrete fatta l'esperienza, se avrete sbagliata la strada, venite a trovarmi, e penseremo al da farsi. Voglio bene anch'io al piccolo Toniello.

Miss Uragan abbandonò il prete, deplorando sinceramente, che quel brav'uomo fosse cattolico. Anzi si propose di convertirlo, e prese perciò l'abitudine d'andare di tanto in tanto, nelle sere estive, a ciarlare con lui su una terrazza, dove egli stava a prendere il fresco, guardando il mare.

Di mattina ella si occupava di Toniello. Era un grazioso fanciullo di dieci anni, che non avendo mai lasciato sua madre, aveva delle amabilità e delle delicatezze da bimba, la pelle bianca sotto a riccioli neri, uno sguardo carezzevole e fermo che affascinava. Quando miss Uragan lo condusse seco, il bambino era vestito di un vecchio calzone di suo padre tagliato al ginocchio; l'abbottonatura gli giungeva fino al collo, e le braccia uscivano dalle tasche scucite. La Inglese ordinò per lui un grazioso costume, da marinaio, di flanella turchina, un cappello di paglia con nastro nero in cui si leggeva un nome di bastimento: Bellerophon. Tutto fu pagato da un colonnello ungherese.

Toniello sfoggiò il suo abito nuovo per fare una visita a Pallone. Miss Uragan aveva avvicinato i due fanciulli e pensava di educarli in compagnia, contando sull'emulazione. Pallone domandò subito il vestito da marinaio al suo piccolo amico; Toniello, che non sapeva rifiutare nulla, glielo diede di buon grado, e rientrò nei calzoni di sue padre. Il costume turchino fu venduto, per pochi soldi, ad un mercante del molo, ed il mercante se ne sbarazzò in breve cedendolo ad un mozzo in procinto di partire per le Indie.

I due ragazzi cominciarono ad imparare insieme a leggere, il minore però non trovava affatto bella quell'occupazione. Mentre la Inglese gli mostrava l'a b c egli vagava collo sguardo per quella stanza d'albergo, che aveva finestre con cortine gialle e parati rossi, e dava su una via rumorosa. Dopo otto giorni Toniello ne ebbe abbastanza, e ritornò da sua madre. Ma con miss Uragan egli si era guastato;

le castagne secche gli tagliavano la gola, non voleva più girare la ruota, il letto di paglia gli sembrava immondo. Risolse di abbandonare la grotta, e di cercare fortuna colla sua abilità. Non sapeva far niente, ma aveva per Pallone una strana sommissione, così che si stabilì tra loro una specie d'impresa commerciale. Il piccino si metteva di buon'ora al lavoro, e carpiva qualche frutto al mercato, eseguiva commissioni, apriva gli sportelli delle vetture, tirava le reti, mostrava ai forestieri la tomba di Virgilio, o li pregava di lanciare una palanca avvolta in un pezzo di carta in mare; poi egli vi s'immergeva e riportava la moneta stretta tra i denti. Quindi portava il bottino a Pallone, che metteva tutto, come egli diceva, nella cassa comune. Pagato il suo tributo, Toniello era libero, e prima di tutto pensava a pranzare; non mangiava pasta come i borghesi, o lupini e polenta come i lazzaroni, perchè era goloso, anzi buongustaio; si nutriva di frutti che non trovava mai abbastanza belli. Aveva bisogno di fichi scelti, di aranci, o come li chiamava, di portogalli di Palermo. La sua gioia più grande era d'immergere la faccia in un cocomero ben rosso, col quale mangiava, beveva e si lavava la faccia, tutto per un soldo. Fatto ciò, si distendeva non al sole, come i suoi compagni, ma sotto il colonnato, o sui banchi d'una chiesa perchè gli piacevano le pietre scolpite, le madonne dipinte e ci teneva a non sciuparsi la pelle. Visse così cinque o sei anni senza esser turbato da nessun avvenimento, e completamente felice. Sua madre aveva abbandonata la ruota ed il canape per andare a stabilirsi ad Eboli nella provincia di Salerno. Toniello non voleva andare ad Eboli; che avrebbe mai potuto fare senza Pallone? Dormiva dove poteva, spesso all'aria aperta, sulla spiaggia del mare, meravigliato di vedere gli altri affaticarsi tanto per godere meno benessere e meno libertà di lui. Una sera miss Uragan lo sorprese lungo disteso sulla sabbia, cullato dalla brezza, assopito dal profumo dei cedri che veniva dalla vicina passeggiata, nel languore d'una notte tepida rischiarata dal scintillìo delle stelle, dalla fosforescenza del mare:

– Tutto ciò, – egli le disse, – è molto meglio delle vostre lettere nere su pagine bianche.

La Inglese alzò le spalle, e fece un discorso giudizioso per provare che se i fanciulli non imparano a leggere, l'Italia non avrà mai dei cittadini. Toniello s'addormentò del tutto al canto d'un usignolo che rispondeva in bei versi rimati: «L'Italia avrà sempre dei mirti e degli oleandri.»

II.

Un bel mattino, miss Uragan mi obbligò a seguirla all'ospizio di Santa Maria Succurre Miseris che si chiamava pure di Sant'Antoniello o Sant'Antonio alla Vicarìa.

– Io ho, – mi disse, – un permesso dal prefetto per visitare quello stabilimento: non vi si entra tanto facilmente, il prefetto stesso vi ha dovuto rinunciare, ma io entrerò, io, dovessi usare la forza. Ecco perchè vi accompagno, vi saranno dei colpi da dare e da ricevere; conto su di voi.

M'inchinai facendo una smorfia che voleva sembrare un sorriso. Quell'ospizio era un ricovero destinato alle pericolanti: a quelle ragazze cioè che minacciano di fare un passo falso. Arrivato davanti alla porta battei risolutamente e udii nell'interno un ronzìo simile a quello prodotto da un ciottolo gettato in un alveare. La porta scossa con violenza finì per aprirsi, e circa dodici converse si affollarono verso di noi sulla soglia. Queste converse, lasciatemelo dire per incidenza, erano il tarlo di tutti gli istituti di beneficenza; ci vivevano senza far nulla, spesso dalla nascita e sempre fino alla morte, consumando per il loro mantenimento quasi tutto il danaro destinato all'istruzione, all'educazione dei poveri, al pane quotidiano dei malati e dei vecchi. Si chiese della direttrice.

– Ammalata, – rispose una.

– Fuori, – rispose un'altra.

– Col confessore, – disse una terza.

– Si può vedere il locale?

– Bisogna chiederlo al prete.

– Dov'è il prete?

– Assente.

Si dovette andarsene; ma miss Uragan volle tornarvi un'ora dopo; il prete c'era stavolta; fu lui che venne ad aprirci e ci condusse in una stanza dove parlò d'iscrizioni osche e di vasi etruschi. Incalzato dalle nostre domande impazienti, finì col dirci che c'erano nello stabilimento centotrentasette converse ed un piccolissimo numero di ragazzine venute quasi tutte dall'Annunziata (ospizio dei trovatelli); che del resto non avremmo visto nulla di interessante. Egli cercava di guadagnar tempo per far spazzare qualche sala. Finalmente acconsentì a mostrarci il cortile.

– Avete visto adesso?

– Niente affatto, e noi vogliamo vedere tutto, vogliamo vedere, capito?

Il prete allora si diresse a passo lento verso una porta, picchiò parecchie volte, non con molta forza ed a lunghi intervalli; una conversa venne ed aprire. Ci permisero finalmente di entrare nell'ospizio, e tutti i nostri sensi furono messi alla tortura pel sudiciume, l'odore, la cucina, il mugolìo, gli insetti di quella stalla d'Augia che non s'era fatto a tempo di spazzare. Da ogni parte converse; in mancanza d'un refettorio, qua e là qualche povera ragazza si scaldava il mangiare in una camera da letto sopra un fornellino portatile. Era impossibile interrogare quelle sventurate, una conversa rispondeva sempre per loro alle nostre domande. Molte erano inferme, una pazza, un'altra rannicchiata in un angolo, pallida, magra, con due occhioni velati che uscivano dalla testa, pareva affranta dall'inedia; chiesi il suo nome; si chiamava Reginella. Ma in quel luogo si soffocava, e fummo costretti ad andarcene: incontrammo il prete nel cortile.

– Avete visto? – ci disse egli sogghignando.

– Abbiamo visto, è un orrore!

– Poh! – rispose egli, – ci si abitua.

Miss Uragan corse alla prefettura e ingiuriò il prefetto; ma il prete e le converse rimasero all'ospizio di Santa Maria SuccurreMiseris, la Inglese ebbe soltanto il diritto di ritirarne Reginella.

– Voglio metterla all'Albergo dei poveri, quello stabilimento si sta riformando, venite a vederlo con me.

L'Albergo dei poveri è un palazzo lungo lungo che non finisce mai, tutto facciata; costruito da Carlo III, buon principe, ma un po' ciarlatano. Sopra il portone dell'edifizio si leggeva questa iscrizione: Ospizio reale pei poveri di tutto il regno; grandioso, il titolo. Ma anche qui, come da per tutto, il passato governo aveva rovinato ogni cosa: l'Albergo dei poveri, imponente all'esterno, non era internamente che un seguito di stalle umide, sudicie e malsane. Nelle officine non si lavorava, nelle scuole non si studiava, il milione di introito destinato ai poveri svaniva quasi tutto nelle mani degli impiegati. Miss Uragano salì da uno dei nuovi direttori e lo tempestò d'invettive; ma quell'uomo eccellente rispose con un fare addolorato:

– Che volete farci? Noi dobbiamo lottare ogni giorno, ogni ora, contro l'antico regime, che si perpetua negli antichi impiegati, si dibatte per mantenersi, si rivolta contro ogni innovazione, si abbranca a tutti gli avanzi del passato, e si compiace del sudiciume tradizionale. Nessuno vuol occuparsi, nè maestri nè scolari, i conversi più di tutti gridano contro la persecuzione. I fornitori vogliono sostenere che i poveri sono oggi più che mai derubati, eppure la nuova amministrazione senza diminuire l'illuminazione risparmia ogni anno molti quintali d'olio, e la confezione di ottomila e duecento cinquantacinque camicie nuove, identiche alle prime, si può fare con un risparmio di 389 aune di tela, circa un chilometro e un quarto! Comprenderete la collera dei camiciai. Questa ostilità, stimolata dalla rapacità delusa, è stata già la causa d'un delitto: un mio collega, quasi alla porta dell'ospizio, fu assalito e pugnalato da un sordomuto.

Miss Uragan, voltatasi con impeto, prese la mano del direttore. L'uomo eccellente parve molto meravigliato da quel segno d'approvazione; gli uomini della sua età e del suo paese ardivano appena, dopo molti anni di famigliarità, inchinarsi davanti ad una signora e sfiorarle colle labbra la punta delle mani. Egli si riaccomodò i manichetti e disse alla Inglese, della quale desiderava forse sbarazzarsi:

– Ora che avete visto il quartiere dei ragazzi, andate a vedere quello delle ragazze.

Essa non chiedeva di meglio, e poichè il direttore le andava a genio, non vide che il lato buono delle cose; i dormitorii puliti, la cucina ben tenuta, le bambine vispe, le suore di carità francesi molto servizievoli, benchè fossero francesi e suore di carità (miss Uragan detestava la Francia e la gente di chiesa). Le ragazze più grandi facevano dei ricami molto fini, o intrecciavano ghirlande e corone di fiori artificiali che sarebbero state ammirate a Parigi. Le sordomute parlavano e capivano, seguendo il nostro discorso con un occhio vivo, allegro, intelligente: una d'esse parlò alla Inglese, le domandò senza sforzo gutturale di che paese fosse. Appena la Inglese ebbe risposto, la ragazza con occhio scintillante additò l'Inghilterra su una carta geografica. Un'istitutrice di Pisa, a forza di pazienza e di perseveranza, era riuscita a ridare la parola ai sordi: questi brava donna ci iniziò volentieri nei suoi secreti disponendo in due file le allieve, ed esercitandole in nostra presenza a ciò che ella chiamava ginnastica labbiale, gutturale e polmonare. La Inglese si entusiasmò e disse alla Pisana agitando l'ombrellino:

– Voi m'insegnerete tutto ciò? Voglio cominciare domani a prendere la mia lezione.

Essa mantenne la parola e tornò per una settimana tutti i giorni all'Albergo dei poveri, finchè, cambiando esercizio, si mise a compilare un rapporto pel re Vittorio Emanuele. Ecco per quale ragione. Si facevano delle difficoltà per ammettere Reginella all'ospizio: erano necessarie alcune carte, alcune formalità, bisognava fare delle pratiche. Miss Uragan bruciava d'impazienza. Il sindaco le diede il consiglio di andare dal re allora a Napoli. Essa rifiutò risolutamente perchè era garibaldina, ed aveva inveito energicamente contro la palla d'Aspromonte, fabbricata, – diceva, – al Vaticano.

– Baie! il re è più garibaldino di voi, – rispose il sindaco col suo fine sorriso.

Questa ragione persuase l'Inglese, che partì subito e corse difilata al palazzo reale. Aveva un passo così sicuro, così franco che le sentinelle non ebbero il tempo e nemmeno l'idea di fermarla; pigliò per il gran scalone, urtò due o tre gran collari dell'Annunziata, e giunse all'ingresso della sala d'udienza; allora soltanto le si chiese che voleva.

– Dite al re che sono inglese e che ho da parlargli.

Non so con che fare buttò là queste parole; fatto si è che fu introdotta immediatamente. Bisogna credere che la qualità d'Inglese aprisse tutte le porte: gli amici d'oltreManica non avevano bruciato una cartuccia per gli Italiani, ma essi non sbarravano loro la via di Roma; orbene, tutti sanno che si preferiscono agli amici che si prestano per noi, quelli che non ci disturbano. Miss Uragan si trovò in faccia d'un uomo alla buona che portava un colletto arrovesciato e due gran mustacchi che toccavano le orecchie; ma che dal modo di sollevare la testa si riconosceva immantinente che era il re. La Inglese entrò subito in un discorso nel quale parlò prima di tutto di Reginella, poi della Casa di mendicità, dei sordomuti, del direttore pugnalato, delle camice e dei preti; poi infilò un sentiero di traverso sul quale incontrò Lutero, Cromwell, FraDiavolo, Tommaso Carlyle, il lotto, la grotta dei funaiuoli, le gabelle, la consorteria, le carceri cellulari, le case di tolleranza, le scuole evangeliche, la società protettrice degli animali. Sa Dio quante cose mi dimentico! Un aiutante di campo, che m'ha raccontato l'udienza, morsicava il fazzoletto per non scoppiare dalle risa; il re non battè palpebra e quando essa ebbe finito disse con affabilità alla Inglese:

– Le sarei molto grata, signora, se volesse scrivermi tutto questo.

– Subito! – E stava per partire come una freccia, quando il re la richiamò.

– Si è dimenticata qualche cosa.

– Non credo, – diss'ella guardando i mobili, il suo ombrellino e frugando nelle tasche, per accertarsi che aveva il fazzoletto, il nuovo testamento, le chiavi.

Il re riprese:

– Si è dimenticata della piccola Reginella.

– È vero, Maestà.

– Favorisca lasciarmi il suo nome ed il suo indirizzo, avrà stasera quanto mi ha domandato.

Alla sera infatti miss Uragan ricevette un piego, con suvvi lo stemma reale. Da quel momento dichiarò che, dopo tutto, Garibaldi aveva avuto i suoi torti e che Vittorio Emanuele era il migliore dei re. Cominciò il suo rapporto, o per meglio dire lo ricominciò venti volte; aveva tante idee che non riusciva a scrivere venti linee di seguito, la sua penna troppo piena d'inchiostro non faceva che sgorbi. Aggiornando quindi questo lavoro condusse Reginella all'Albergo dei poveri. Poichè aveva fatto un corredo alla ragazza (col danaro di un banchiere svizzero) dovette prendere una vettura per trasportare il bagaglio. Il veicolo era noleggiato ad ora, il fiaccheraio pensò bene di prendere la via più lunga; girò il molo, fiancheggiò la Marinella fino ai Carmini, e sapendo che ci sono sempre degli ingombri nei vicoli che conducono dalla chiesa alla ferrovia, massime all'arrivo dei treni, pensò bene di passare di là; quella fermata gli poteva far guadagnare un quarto d'ora, forse mezza. Discese da cassetta, mise il cavallo all'ombra, gli infilò al collo un sacco pieno di erba e lo lasciò asciolvere tranquillamente. Miss Uragan batteva i piedi d'impazienza, ed io, che dovevo pagare il fiaccheraio, avrei fatto altrettanto se mi fosse mancata la gioia di Reginella che, tutta felice di trovarsi in vettura, si alzava, si sedeva, saliva sui sedili, poggiava i gomiti a cassetta, contemplava avidamente l'aggruppamento dei carri, dei carretti, delle carriole, di uomini e di donne, di bauli, di casse, di botti, di barili, di legumi e di frutta che chiudevano il passaggio e si sbrogliavano a stento. Un mercato ambulante girava tra la folla: erano venditori di aranci, di pesci, di frutta di mare, di giornali, di noci, d'acqua fresca, d'abiti vecchi, di minuterie, e tutti vociavano. Un cappuccino offriva una presa di tabacco e i numeri del lotto, un ciabattino passeggiava tacitamente, collo sguardo cupo, la testa bassa, portando sulla schiena una gerla piena di vecchi arnesi, di vecchio spago, di vecchio cuoio. Costui scorse tutto ad un tratto quello che cercava: una scarpa forata ai piedi d'un semigalantomo; così si chiamava quella classe un po' mista che sta in mezzo tra il volgo e la borghesia di buona lega. Egli arrestò di un colpo quell'avventore, e volere o non volere, gli tolse dal piede la calzatura difettosa, mettendovi al posto una ciabatta comune, che non era in miglior stato; poi, in presenza di tutti, seduto sopra la gerla, racconciò in fretta la fessura in modo da attirare gli sguardi di tutti, ma tanto presto, e raccontando tante frottole all'avventore, che tutto andò tra loro col massimo accordo. Il ciabattino domandò dieci soldi per il suo lavoro, il semigalantuomo ne diede due e si separarono buoni amici. Intanto la folla si faceva più frettolosa, il frastuono cresceva, nuovi veicoli che venivano dalla stazione, aumentavano l'ingombro, ed il burattinaro che aveva piantato il suo teatro ambulante nel più fitto della gente dominava tutto il susurro colle grida nasali di Pulcinella. Solo, immobile, in mezzo a quel tumulto, sorgeva il grave campanile dei Carmini, d'un rosso cupo, che pareva assorto in pensieri, come un vecchio che ha assistito a molti avvenimenti del passato; pensava forse a Corradino che ha visto cadere, o forse, chi lo sa? a Masaniello che ha visto sorgere.

Reginella per dominare meglio era salita a cassetta, e tanto in alto che la sua testa, sormontando la linea d'ombra, scintillava in mezzo al sole come un bronzo antico. Pochi giorni avevano rinvigorito quella natura ricca e potente, gli occhi si erano riaccesi, i capelli increspati e rilucenti si gonfiavano in striscie nere ondeggianti alla brezza marina, mentre essa colle narici dilatate, colla bocca piuttosto grande, un po' aperta, mostrando due fila di denti bianchissimi, aspirava quell'aria con voluttà. Colla testa rivolta all'insù, le braccia incrociate, la gonna svolazzante, pareva dicesse agli uomini, alle bestie e perfino al campanile impassibile: Guardatemi!

Di là passò in quell'istante Toniello che veniva dalla stazione con una valigia sulla schiena; un viaggiatore lo seguiva. Egli si fermò tutto ad un tratto, agitò la testa, fece solecchio colla mano che aveva libera, e dopo aver gettato senz'altro la valigia sulle spalle del viaggiatore che vociava delle imprecazioni si precipitò di corsa verso la nostra vettura. Toniello aveva visto Reginella. Egli rivolse subito la parola a miss Uragan, ripetendole tutte le frasi lusinghiere, tutte le offerte di servigio che i Napoletani sanno prolungare all'infinito. Cavò di tasca una piastra di lava che era stata colata ancora accesa in una forma, e che portava l'effigie di Vittorio Emanuele o di Francesco II a scelta, ne aveva per tutti i gusti, poi un cavallo marino, una lucertola di terra cotta, un bottone da manichini trovato negli scavi di Cuma, una tabacchiera etrusca, una corona benedetta, tutto ciò insomma che i forestieri sogliono comperare; avrebbe dato tutto per niente, tanto voleva bene a miss Uragan. Mentre parlava non staccava però mai gli occhi da Reginella. In quel mentre un colpo di cannone rimbombò sul mare, la folla si diresse dalla parte della spiaggia per vedere il bastimento che arrivava. Allora potemmo rimetterci in via; il fiaccheraio salì a cassetta, e Reginella dovette lasciare il posto: nel discendere il suo sguardo incontrò quello di Toniello. Da quel momento i due giovani s'amarono.

La vettura partì di galoppo, perchè il fiaccheraio era coscienzioso, e ci teneva a mostrare che faceva tutto il possibile per riacquistare il tempo perduto suo malgrado. Toniello salì dietro la vettura, Reginella, sedutasi di fronte a lui, lo guardava. Si arrivò troppo presto al Serraglio, così chiamava il popolo per derisione l'Albergo dei poveri. Era considerata vergogna e sventura l'esser chiusi là dentro: meglio la prigione dove si andava per azioni che facevano chiasso, traditi (è la frase usata) dalla giustizia e dalla polizia. Così la pensava il popolino, e lascio immaginare come Toniello si sentisse compreso da orrore quando vide la carrozza fermarsi al Serraglio. Egli aperse lo sportello, abbassò il predellino; a Reginella, che discese ultima, disse tanto forte che io potei udire:

– O ti porto fuori di qui, o mi faccio strangolare.

Egli ci seguì nello stabilimento, ed essendo con noi lo lasciarono passare dapertutto anche nel quartiere delle donne. Egli esaminò accuratamente l'opificio dove Reginella doveva lavorare, la camera dov'essa doveva dormire, la corte dove avrebbe passeggiato nell'ora di ricreazione, la finestra alla quale le sarebbe permesso di sedere a certe ore per pigliare il fresco. Si fece amico d'una conversa, la quale accompagnandoci diceva corna del nuovo governo e sopratutto delle suore francesi. Le converse che pullulavano, come da per tutto, anche nell'Albergo dei poveri, facevano il possibile per amareggiare la vita dei direttori; spingevano le bambine a voltar le spalle alle maestre, ed a gridare nella sala di disegno, quando entrava il maestro: «O Dio! fate che colui che si siederà su quel banco si rompa le gambe!» Toniello diventò in meno che non si dica il migliore amico della zitellona, e parlò qualche tempo con lei a basso in fondo alla scala. Otto giorni dopo, colla protezione di miss Uragan, egli entrò come apprendista nell'opificio dei fabbri; quindici giorni dopo, colla protezione della conversa, gli fu permesso fare i lavori grossolani nel quartiere delle donne; in capo a tre settimane, Toniello e Reginella erano scomparsi dal serraglio, e con loro scomparso anche qualche utensile da fabbro.

III.

Intanto Pallone era giunto al ventiduesimo anno di età e, ben diversamente da Toniello, aveva meritato l'approvazione di miss Uragan che parlava con tutti di lui come d'un buon giovine, d'un bell'ingegno, d'una futura speranza d'Italia. In meno di due mesi Pallone aveva imparato a leggere, nè si era fermato qui, come fanno di solito i suoi pari; non appena ebbe tra mani l'istrumento, volle anche servirsene. A questo fine domandò dei libri, e cominciò a leggere quelli contro i preti che miss Uragan spandeva a profusione. Dopo averli letti e riletti si persuase che non c'era nè Dio nè diavolo, e che per conseguenza, si poteva fare a talento quello che si voleva, preoccupandosi solo dei questurini e dei carabinieri. Miss Uragan, istruendolo poi sulla dignità umana, gl'insegnò che noi siamo tutti eguali, e che un lazzarone vale quanto un gran signore. Pallone ne cavò la conseguenza che i gran signori avevano derubato i lazzaroni. Forte di questa convinzione, tutte le volte che portava via un fazzoletto dalle falde d'un abito credeva di ripigliare una cosa sua, di usare di un suo diritto. Inoltre s'era abituato a dire a tutto pasto queste frasi: fare il suo dovere, esercitare un sacerdozio (la parola sacerdozio si trovava in ogni pagina nei libri di miss Uragan). Egli si dichiarò l'apostolo della solidarietà universale; aveva insomma acquistato delle qualità oratorie e, la prima di tutte: l'uso delle parole lunghe. Dichiarò adunque la guerra ai grandi, ma non cessò per questo di taglieggiare i piccoli, poichè le idee nuove non fanno andar in odio le abitudini vecchie. Lo si vedeva correre i mercati e prelevare un'imposta sui profitti del giardiniere, dell'ortolano del vignaiuoio; i fiaccherai gli pagavano la decima; qualche borbonico gli mandava di tanto in tanto un rotolo di vecchi scudi; vegliava sulla vendita dell'acqua fresca e s'intrometteva nelle discussioni dei barcaiuoli della marina. Gli uni lo credevano affiliato alla camorra, gli altri alla questura; egli non si difendeva da tali accuse, forse ingiuste ma lucrative, e assumeva un'aria di mistero che faceva tremare tutti; anche i rivenduglioli, i borsaioli, i piccoli cospiratori, temendo di essere controllati, gli davano del danaro; egli traeva profitto così dalla vigliaccheria universale. Allorchè dopo attraversate le strade colla camicia rossa, con panciotto e calzoni color cioccolatte, giungeva al porto, e ritto davanti la folla, col bastone sotto il braccio, cavava il suo cappello alla calabrese e con la destra coperta di anelli alzava come un pennacchio il suo ciuffo folto di crini neri, fra gli uomini e le donne della marina si faceva un profondo silenzio: i più arditi non lo guardavano che sottecchi. Il cantastorie che intuonava delle strofe del Tasso al popolo raccolto intorno a lui sospendeva il combattimento di Tancredi e Clorinda, e Pulcinella si dimenticava di bastonare lo sbirro. Pallone allora s'avanzava e tendendo il cappello girava tra la folla a raccogliere i denari pel burattinaio e pel declamatore popolare; i soldi piovevano nell'imbuto di feltro, Pallone ne dava una manata a Pulcinella, una al cantastorie, teneva il resto per sè, e ricacciandosi il cappello in testa, s'allontanava lentamente col bastone in avanti, col passo di un trionfatore.

Una mattina, incontrò alla marinella miss Uragan, che gli rivolse a bruciapelo questa domanda:

– Sapete dov'è Toniello?

– Io so tutto.

– In tal caso, ditemelo, mi occorre saperlo.

– Cosa volete?

– Io voglio togliergli dalle mani una povera fanciulla che ha rapita. Toniello si rovina; m'ha ingannato sempre. Dovevo aspettarmelo, non sa leggere. Non è mica come voi che siete uscito dall'ignoranza e dalla miseria; egli mi addolora quanto voi mi rallegrate.

– Voi dite che Toniello ha rapito una ragazza?

– Non lo sapete?

– Certamente. Io so tutto. Ha nome.... Aspettate....

– Reginella.

– Precisamente.... Reginella.... È proprio il nome che ho nei miei registri. Egli l'ha condotta.... io so dove. Se anche partisse in questo istante per telegrafo, e se n'andasse in capo al mondo.... lo raggiungerei. Lancerò sopra lui tutti i miei uomini.

– Siete poi ben certo....

– Dubitate di me? Non movetevi. Io son Pallone.

Senz'altro chiamò zuffolando una vettura, che venne a lui di corsa, vi saltò dentro, disegnò un semicerchio colla mano; la vettura voltò immediatamente e partì di galoppo. Miss Uragan si sentiva contenta, ammirava Pallone con un amor proprio da autore. «Ecco cosa vuol dire, pensava essa, saper leggere.»

Intanto Toniello era partito con Reginella per Salerno, dove sperava di incontrarsi con sua madre, e dove era sicuro di trovare la sora Placida sua zia, una vedova senza figli. Marianna aveva lasciato il paese dopo la disgrazia di Chiagnone, era stata vista più volte, a lunghi intervalli, negli Stati pontifici. La sora Placida teneva un negozio di sale e tabacchi; vendeva anche carta, oggetti di merceria, e corde per istrumenti musicali. Aveva pure buon cuore, ed accolse di buon grado Reginella; è vero però che cercava una serva, che la aiutasse nel negozio ed in casa. I due amanti erano venuti insieme da Napoli a Salerno senza nemmeno toccarsi la mano. Benchè indissolubilmente fidanzati fino dal primo sguardo che s'erano scambiati non potevano ancora maritarsi, non possedendo nè roba nè quattrini: bisognava prima preparare il nido, o, come essi dicevano, farsi il letto. Fino a quel giorno essi dovevano vivere vicini, ma separati, amarsi teneramente, ma rimaner stranieri l'uno all'altro, ed avere tra di loro meno famigliarità, meno espansione che se fossero stati fratello e sorella; questo era necessario per rispetto verso la società e verso la Madonna. Toniello fu dunque costretto a cercarsi un alloggio, e lo trovò in una barca capovolta, colla chiglia in aria che si stava riparando, egli si alloggiò sotto l'argano. Ma non basta avere l'abitazione, bisogna anche mangiare, e la sora Placida non offriva al nipote nemmeno un tozzo di pane. Essa aveva buon cuore del resto, ma non dava niente per niente; seguendo questa massima, era riuscita a crearsi un piccolo commercio.

Toniello si buscò qualche spicciolo cantando sotto le finestre. La prefettessa trovò simpatica la sua fisonomia, lo fece chiamare da un usciere, e divertì tutta una sera i suoi invitati colle canzoncine di Toniello, poi andò essa stessa in giro con un vassoio e raccolse per il giovane tredici lire e cinquanta centesimi in palanche. Colla terza parte di questa somma Toniello comperò da un rigattiere una vecchia arpa senza corde; la portò dalla sora Placida col rimanente danaro, e non tenne per sè che tre soldi, coi quali comperò una libbra di fragole ed una pagnotta; poi andò a bere alla fontana, e tornò alla barca, e quivi s'addormentò creandosi colla fantasia i più bei castelli in aria, che diventarono poi un bel sogno. Egli saliva i gradini di San Francesco e Paolo, e camminava, al suono delle fanfare, sul marmo bianco del portico; aveva per mano Reginella vestita di porpora, incoronata d'oro.

Il giorno appresso incontrò un Viggianese che aveva lasciato il suo villaggio con un'arpa per girare il mondo. Questo musicista conosceva molte arie ma poche parole, ed aveva una voce da ranocchio che poteva piacere soltanto alla gente di oltremare.

– Vuoi che facciamo società? – disse Toniello.

S'associarono. Di gran mattino si sedevano sulla spiaggia del mare all'ombra d'una roccia che, forata da parte a parte, formava un arco; l'acqua ai loro piedi era d'un colore verdastro. Lavoravano insieme: il Viggianese dava lezioni d'arpa a Toniello che alla sua volta gl'insegnava delle canzoni e gli addolciva la voce: le onde col loro movimento regolare battevano il tempo. Gli esercizi duravano fino a mezzogiorno; allora i musicisti si tuffavano nel mare e pranzavano. Il Viggianese, che era un montanaro, mangiava del formaggio, e Toniello fragole e ciliegie: i frutti dell'aprile. Dopo pranzo facevano la siesta dall'altra parte della roccia, per essere riparati dal sole che aveva cambiato posto, poi rientravano in città e davano uniti un concerto al prefetto, al sindaco, al generale comandante il distretto, al presidente del tribunale, ai frequentatori del caffè principale, ad un fabbricante svizzero che dirigeva una filatura nei pressi della città: avevano imparato per lui il Ranz des vaches, e alcuni pezzi del Guglielmo Tell. In capo a quindici giorni Toniello sapeva suonare abbastanza l'arpa da accompagnarsi da sè, possedeva denaro abbastanza da comperare dalla sora Placida le corde mancanti al suo istrumento: essa non gliele vendette a caro prezzo, ma vi trovò il suo tornaconto. Il Viggianese partì per l'America, e Toniello guadagnò da solo molti biglietti di banca. Il suo repertorio era inesauribile perchè inventava ogni giorno una nuova canzone, parole e musica, le idee gli venivano spontanee, benchè non conoscesse nè le note musicali, nè le lettere dell'alfabeto. La rima lasciava a desiderare qualche volta, ma il metro era sempre giusto. Del resto era Reginella che lo ispirava. Ogni giorno all'alba essa aveva la sua mattinata. La finestra della fanciulla dava su un giardino; i vicini dormivano ancora, e la sora Placida si coricava tardi perchè passava le sere a puntare con spilli i pacchetti di biglietti di banca, e si levava molto dopo il sole. Era impossibile entrare nel giardino circondato da un muro sul quale erano conficcati dei cocci di bottiglia. La sora Placida temeva i ladri e non si coricava mai prima di aver fatto il giro del giardino e della casa per chiudere tutte le porte, tutte le imposte. Ma al di là s'ergeva il resto d'una casa in rovina, o il principio d'una casa in costruzione; quattro muri ed una scala senza ringhiera, che riusciva al primo piano senza pavimento nè soffitto; dall'alto della scala si vedeva ad una distanza di cinquanta passi la finestra di Reginella. Toniello si metteva là all'alba e cantava i suoi nuovi stornelli. Subito la finestra s'apriva, e si affacciava una testa bruna dai lunghi capelli sciolti; finita la canzone, Reginella poneva una mano sulla bocca e gettava un bacio a Toniello. Poi tutt'e due parlavano a lungo quasi sempre cogli occhi che dicevano le cose più affettuose; mentre i gesti aggiungevano i particolari. A forza di muovere le braccia, le mani, le dita, il fortunato giovane faceva sapere alla fanciulla il danaro guadagnato il giorno prima e l'impiego fattone. L'acquisto del letto procedeva; i ferri avevano due metri di larghezza, gli asserelli erano stati ordinati al falegname; ancora un po' di giorni e avrebbe potuto occuparsi del saccone. Erano inoltre indispensabili due sedie ed un tavolino; il resto sarebbe venuto in seguito a poco a poco. Fatti i conti avrebbero potuto sposarsi all'8 settembre, giorno della festa di Piedigrotta, Don Cristoforo era avvisato e si occupava delle carte. Indi gli occhi tornavano al loro linguaggio carezzevole, pieno di promesse. Poi Reginella portava un dito alle labbra: Silenzio! la casa si destava, la sora Placida metteva giù i piedi dal letto, ed andava di corsa all'armadio per vedere se le carte vi erano ancora. Alcuni baci gettati da lontano si incrociavano in aria, la finestra si richiudeva. Addio, Reginella! Toniello ridiscendeva; ebbro di gioia traversava Salerno cantando a voce spiegata le nuove canzoni al sole nascente.

Egli però s'era fatto un po' avaro; il matrimonio rende conservatori. Invece di buttar via il danaro come una volta al lotto o nelle mani di Pallone, ammonticchiava le monete di rame, come la sora Placida, ed univa a dieci a dieci i biglietti da cinquanta centesimi. Contrattava le fragole, e quando la venditrice non voleva accordargli il minimo ribasso, mangiava un po' stizzito il suo pane asciutto. Un giorno gli capitò perfino di rifiutare l'elemosina ad un mendicante e di dirgli come avrebbe fatto un borghese od un filantropo: «Lavora!» Provò però, subito, rimorso di quest'azione e ritornato sui suoi passi diede al mendicante una manata di rame; ma non importa, il primo movimento del suo animo non era più il migliore. Toniello si guastava, Toniello diventava interessante, e quando il prefetto od il fabbricante svizzero gli gettavano soltanto soldi di rame, Toniello faceva un musone lungo lungo; Toniello diventava geloso, altro difetto da conservatore. Passava trenta o quaranta volte davanti alla bottega dove stava Reginella dietro al banco; non ardiva però entrarvi perchè la padrona non lo permetteva. La sora Placida aveva buon cuore, ma ripeteva spesso un proverbio che credeva d'aver inventato lei: «il tempo è danaro.» Tuttavia permetteva a tre donciccilli (damerini) del luogo, che avevano un guanto bianco nella mano sinistra, una goletta arrovesciata fin sulle spalle e delle basette schiacciate, di restare a lungo seduti nel negozio fumando dei sigari che pagavano tre soldi ogni due. Mentre fumavano, i donciccilli dicevano delle scipitaggini a Reginella che le accettava dondolandosi, con civetteria, poichè non le spiaceva affatto il sentirsi dire graziosa. Quando Toniello passava davanti a quelle finestre basse e vedeva quel tradimento (era la sua parola) diventava furibondo, aveva delle brame feroci, voleva strangolare quei donciccilli; ma ne lo trattenevano il rispetto che aveva per la giubba ed anche la paura di guastar tutto: non voleva inimicarsi Reginella. Se ne andava in quei momenti a piangere solo, ai piedi della roccia che formava un arco sul mare. La canzone del dì seguente era lamentosa o furiosa, la cantava all'alba alla finestra della casa rotando i suoi occhioni, mostrando i pugni. Reginella sorrideva guardandolo; il sorriso era beffardo, ma lo sguardo era tanto affettuoso, che Toniello dimenticava, perdonava tutto e se n'andava orgoglioso come se avesse toccato il cielo col dito. Nel pomeriggio ripassando davanti alle finestre basse, ritrovava i donciccilli fermi per una o due ore, col cappello in testa, la mano destra senza guanto, che si movevano aggraziati per mostrare le unghie lunghe. Toniello scappava disperato.

Una sera che Toniello più afflitto che mai correva verso il mare per gettarvisi dentro, urtò contro un uomo in sottana che lo prese pel braccio; era don Cristoforo. Seppi poi da miss Uragan, che il prete era andato a Salerno, per segreto incarico della polizia all'insaputa delle autorità militari. Don Cristoforo doveva abboccarsi con un capo brigante che era stato suo parocchiano, e persuaderlo ad abbandonare il paese ed il mestiere per ridursi a vivere di rendita negli Stati pontifici. Gli si offrivano dei passaporti e dei biglietti di banca. Le trattative non approdarono, perchè il capo esigeva per sè e per la banda certificati di onestà e di buoni costumi, e voleva esser pagato in oro.

– Eh, Toniello, – gridò Cristoforo, – dove corri così in fretta?

– Vado ad annegarmi, – disse Toniello.

– Diavolo! Che t'ha mai fatto Reginella?

– È una scellerata! – rispose il povero ragazzo, e raccontò tutta la storia a don Cristoforo, che sorrideva, rammentandosi i suoi anni giovanili. Poi quando Toniello ebbe finito, disse:

– Non annegarti, dà retta a me, commetteresti prima di tutto un peccato mortale; poi non riusciresti: nuoti come un'anguilla e puoi rimanertene tanto sott'acqua quanto un pescatore di corallo. Lascia che si uccidano i Piemontesi, che hanno una temperatura fredda, il cielo grigio, e le donne pallide; qui, mio caro, con tanto ben di Dio, con questo sole, e colla tua Reginella, bisogna campare allegramente. Un grand'uomo ha detto: Memento vivere, ricordati di vivere.

Toniello non domandava di meglio, ed il prete per consolarlo completamente gli promise d'andare lui stesso a parlare a Reginella. Andò infatti dalla sora Placida, e condusse la fanciulla nel giardino. Io non so che cosa gli disse, so solo che parlarono da soli per più d'un'ora a bassa voce, e che una settimana dopo le Pentecoste, Toniello e Reginella andarono soli soletti al pellegrinaggio di Monte Vergine. Partirono di buon'ora colla prima corsa, il vagone era pieno zeppo di gente, la fanciulla molto commossa teneva la testa bassa, e portava ad ogni istante il lembo della veste agli occhi rossi. Ad una stazione, non rammento quale, la ferrovia allora non andava molto lontano, dovettero aspettare due ore prima di salire in vettura. Toniello e Reginella si misero al fresco, entrarono in una chiesa; la fanciulla andò difilato ad una cappella, e si lasciò cadere in ginocchio, poggiando la fronte sul gradino più alto; e prorompendo in singhiozzi.

– Non piangere, – le disse Toniello.

– Bisogna che pianga.

– Ma perchè? Che cosa ti rattrista?

– Ho commesso un gran peccato.

– Che peccato, gioja mia?

– Te lo dirò al ritorno.

Toniello era inquieto, rispettò il secreto di Reginella. Essa era afflitta così profondamente che egli cercava solo di distrarla; e le mostrò in una chiesa d'Avellino l'immagine di san Modestino. Quel santo faceva in altri tempi molti miracoli, vi ha rinunciato da quando non si crede più ai miracoli.

Perchè i santi facciano dei miracoli, diceva don Cristoforo molto giustamente, è necessario che vi si creda. Orbene, Modestino stava in Avellino, e gli abitanti di Mercogliano vollero averlo presso di loro. Vennero di notte e lo rapirono. Il santo fu offeso da questo attentato, e per mostrare la sua collera ai ladri non fece a loro nessun miracolo. Si ebbe un bel pregarlo, supplicarlo, un bel ornare la sua cassa, illuminarla a giorno, rivolgergli le frasi più carezzevoli: Modestino rimase duro, sordo come una pietra; non guarì più un malato e durante la siccità non fece cadere una sola goccia d'acqua. Tanto che un bel giorno, stanchi di combattere, gli abitanti di Mercogliano rimandarono il santo ai cittadini d'Avellino, lanciandogli dietro urli e fischi finchè ebbero fiato; quando non n'ebbero più, gli gettarono delle pietre. Da allora Avellino e Mercogliano si odiano; se n'è vista più volte la prova nelle guerre civili. Quando Mercogliano è liberale, Avellino è realista: e viceversa; se la città abbonda di guardie nazionali, il villaggio formicola di briganti, e le due popolazioni vanno a ferirsi sulla montagna. In tempo di pace, invece di palle, si scambiano degli sgarbi.

Ma Toniello aveva un bel raccontare a Reginella, ella non s'interessava affatto di san Modestino, e batteva la fronte sui gradini dell'altare. Si rimisero in via, a Mercogliano dovettero arrestarsi fino a notte avanzata. La folla si pigiava nella navata sinistra dove da una piccola canna conficcata in un pilastro, stillava un'acqua miracolosa che veniva dal femore di non so qual santo; quest'acqua guariva dalla sete come da tutte le altre malattie. Non si arrivava alla canna che a gran colpi di gomiti e di spalle, e Reginella quasi soffocò, ma l'acqua santa le rese la vita. Verso mezzanotte cominciò l'ascensione. Era una comitiva interminabile, che saliva, alcuni sopra asini o cavalli, la maggior parte a piedi; i penitenti, scalzi; tra questi era Reginella. I vecchi, gli ammalati, le donne incinte venivano ultimi e si trascinavano a stento. Ognuno portava la sua torcia, ovvero un lungo bastone il cui vertice, spalmato di resina, fiammeggiava allegramente. Quel lungo serpente a macchie di fuoco, che dal cavo della vallata s'arrampicava sui fianchi scoscesi della montagna, presentava all'immaginazione dei curiosi l'illusione di un incanto o d'un sogno. Ed infatti era il sogno d'una mezzanotte d'estate. All'alba tutti erano affranti dalla fatica; Reginella non poteva reggersi sui piedi lacerati ed insanguinati: Toniello che la sosteneva il meglio possibile non ne poteva più. Tutti i volti erano lividi come cadaveri; molti pellegrini, specialmente le donne della città, poco abituate a camminare, s'erano gettati bocconi nel fango, mettendo dei gemiti e chiedevano di morire. La regione dei castagni era passata e si saliva per pendii brulli: un vero calvario, su cui molte anime oppresse trascinavano la loro croce. Finalmente i più lesti toccando la cima tentarono di mandar un grido di gioia, ma non poterono cavare dal petto che una specie di rantolo e caddero come corpi morti.

L'abbazia di Monte Vergine posta su un picco di granito che domina le foreste di due provincie era stata in addietro un tempio di Cibele, e l'Appennino sul quale era eretto si disse Monte Virgiliano. Il Monte Virgiliano è diventato Monte Vergine, e 2000 o 3000 napolitani salgono lassù tutti gli anni in pellegrinaggio. Giunta alla porta della chiesa, Reginella si inginocchiò, colla faccia verso terra, pregando Toniello di attaccarle una corda al collo e di tirarla così fino al tabernacolo della Vergine. Mentre egli la tirava, essa si trascinava sulle ginocchia e sfiorava colla lingua il pavimento. Quando fu al tabernacolo, borbottò delle preghiere, battendosi il petto, e singhiozzando; poi si rialzò raggiante. Era perdonata e salva. Allora soltanto confessò spontaneamente a Toniello il peccato che aveva dovuto espiare così duramente: – Io non t'amavo abbastanza, m'ha detto don Cristoforo. –

Ridiscesero insieme e felici! Sull'orlo della strada videro due ginestre piantate vicine, ne avvicinarono i capi, e li annodarono insieme colle loro dita, che si toccarono. A questo modo sogliono i fidanzati di quei paesi giurarsi amore e fedeltà davanti la regina degli angeli. Quando sono maritati, in capo ad un anno o due, se s'amano ancora tornano e slacciano le ginestre. La montagna ne era piena; la maggior parte già secche erano ancora annodate. Quando Reginella e Toniello ripassarono da Mercogliano, il villaggio era in festa; tutte le case addobbate con bandiere, stendardi, banderuole, fazzoletti con suvvi dipinte delle immagini devote che si agitavano al vento. Le osterie erano piene zeppe di penitenti, che pagati i loro debiti all'ora del pentimento, aprivano adesso un conto nuovo. Non avevano ardito portare del vino sul monte sacro, poichè se un miscredente vi salisse con una fiaschetta piena, tutti i fulmini del cielo si scaricherebbero sulla montagna e la tempesta colpirebbe contemporaneamente i grappoli e le messi. Adesso però si misero con ardore a rifarsi della privazione. Toniello e Reginella entrarono in quel tumulto, ma non vi si divertirono affatto: la felicità non ama l'allegria chiassosa. Avevano bisogno di esser soli. Ma nel bel mezzo d'una via affollata essi furono interrogati da improvvisatori seduti su finestre colle gambe penzoloni, ed il bicchiere in mano. Questi cantafigliole si gettano delle sfide in versi, come i pastori di Virgilio, scambiandosi delle strofe che devo riuscire tutte al ritornello figliole! Uno di quegli improvvisatori, di professione bettoliere, gridò con un tono forte e rauco ai due amanti:

E voi laggiù! che per la via passate

Rigidi, dritti come pioppi al sole,

Volgete gli occhi in alto e festeggiate

Le figliole.

E la folla a battere le mani. Toniello rispose colla sua voce fresca e giovanile:

Eh trincatori ingordi di lassù

Che inzuppate di vin le vostre gole!

Chi molto beve, no, non vede più

Le figliole.

Tutta la folla scoppiò in acclamazioni. L'oste volle rispondere:

Bevitor d'acqua, mangia pan di miglio.

Chinate il fronte orsù alle mie parole!

Chè noi vediamo di color vermiglio

Le figliole.

La folla applaudì ma fiaccamente; attendeva la risposta di Toniello, che non si fece aspettare:

Solo il tuo naso gli è vermiglio tanto,

È solo il naso che brillar ti suole.

A noi venite, a noi venite intanto,

O figliole.

Mise tanta tenerezza in quest'ultimo invito che tutta la folla diventò come pazza; le bandiere si agitarono, le immagini sante si scossero, i cappelli volarono in aria, la moltitudine, entusiasmata, ballava, saltava, faceva girivolte alzando le braccia con certi urli che avrebbero messo in fuga un esercito. L'oste vinto si lasciò cadere all'indietro, capitombolò in una stanza e disparve. Reginella, rossa d'orgoglio, si sentì come trasportata in un raggio di sole. Era infatti portata nel carro più ricco della festa, quello che aveva riportato il premio, come il più bello ed il più veloce. Toniello fu condotto vicino a lei sulla panca di dietro, al posto d'onore. Intorno a loro, seduti, in piedi, o a cavallo sul timone, sulle sponde, o dondolanti in un'amaca sotto al carro, una trentina di cristiani e cristiane vestite di tutti i colori dell'arcobaleno, con scialli screziati, vesti picchiettate, sciarpe e nastri variopinti, piume di cappone, di pavone, di fagiano che scintillavano al sole, ghirlande di foglie intrecciate con sonagli attorno al palo, sostegno della tenda, che tintinnavano allegramente, mentre la tenda istessa, smagliante di colori come una tavolozza, scossa, gonfiata, sbattuta dal vento, rumoreggiava come la vela di una nave.

Il carro da cui s'elevavano pertiche coperte di secchi, zoccoli, file di nocciuole, pavesato da grandi stendardi di seta con suvvi immagini di santi e di sante, – discendeva a corsa sfrenata, precipitava per pendii polverosi, tirato da due piccoli cavalli, nascosti sotto un monte di nastri, di penne, di medaglie di ottone, di galloni, di sonagli, di rami verdi e fioriti; uomini e donne fendevano il vento che arrestava loro il respiro, e presi da vertigini si credevano immobili, mentre le roccie, i pendii, la pianura, i casali bianchi, le messi dorate, i festoni delle viti, i filari d'alberi correvano, fuggivano, volavano.

Quando i due amanti rientrarono a Salerno, trovarono dalla sora Placida una lettera indirizzata a Toniello, che se la fece leggere dal barbiere all'angolo della via. Non c'erano che tre righe così concepite:

«Don Pallone fa sapere a chi di diritto che se Toniello non è a Napoli entro tre giorni, Reginella è morta.»

IV.

Miss Uragan era stata lei a scoprire il ritiro degli innamorati; glielo aveva detto Don Cristoforo che essa vedeva sempre più spesso, coll'intenzione di convertirlo al protestantesimo. Salivano su una terrazza posta sopra una chiesa, dalla quale si vedeva da una parte la città, dall'altra il mare. Don Cristoforo si sedeva comodamente su una panchina, poggiava i gomiti sul parapetto e fumava con voluttà un forte sigaro napoletano, che un tabaccaio suo parrocchiano sceglieva per lui e glielo dava già acceso. La signora perorava in piedi di fronte al prete o camminava a gran passi davanti alla guglia di majolica, accumulando invettive e sarcasmi contro l'infallibilità del papa e l'Immacolata Concezione; su quest'ultimo punto essa diceva innocentemente le cose più assurde. Don Cristoforo non s'adirava, ma rispondeva con pacatezza, piegando all'indietro la testa, e soffiando il fumo verso le stelle.

– Che volete? io ci credo.

Un giorno miss Uragan aveva incontrato Pallone alla Marinella e gli aveva detto fermandolo:

– So dove sono. Voi non indovinate chi.... Toniello e Reginella.

– Lo so anch'io, e li sorveglio, – rispose senza esitare quello smargiasso.

– Si nascondono a Salerno, da una signora Placida che vende tabacco.

– Credete di dirmi una novità?

– Sono andati insieme a Monte Vergine.

– Perfettamente, li ho seguiti cogli occhi.

– Si mariteranno a Piedigrotta.

– Non si mariteranno.

– Chi lo impedirà?

– Io, Pallone.

– Farete bene. Non è che l'abbia con Toniello, anzi la sua maniera di condursi con la ragazza, è migliore di quella che m'attendeva da un illetterato: ma conduce una vita da fannullone cantando per le vie. Come volete che possa metter su casa, allevare dei fanciulli? Quei poveri diavoli morrebbero in qualche fondaco, i ragazzi sarebbero ladri, le figlie diverrebbero.... (disse la parola). Sapete amico mio? Dovreste sposare voi Reginella.

– Sposarla? Lei? Io, Pallone? Ohe!

– Perchè no? Siete onesto, sapete leggere, in pochi mesi, volendolo, potrete parlare l'inglese. È una fanciulla intelligente, un po' bigotta. Ma per guarirla dalle sue superstizioni, voi potrete accompagnarla ogni domenica alla cappella inglese. Noi le faremo una dote, e morirete carico di beni e d'anni, illuminato e tranquillo.

– Fra tre giorni Toniello sarà qui – aveva risposto Pallone, con un fare da primo baritono.

Ed infatti tre giorni dopo Toniello colla sua arpa era a Napoli. Alla porta della stazione il povero ragazzo trovò l'uomo terribile, che gli fece segno di seguirlo sul ponte della Maddalena, un arco trionfale che attraversa un filo d'acqua. Era notte fatta.

– Tu sei un ladro ed un traditore, – disse Pallone a Toniello. – Da mesi e mesi tu non mi hai dato un soldo; tu hai rapito una ragazza e sei andato a nasconderti da vile. Se io ti cacciassi uno stile nel petto e ti buttassi nel Sebeto, avresti quanto meriti. Ma io sono troppo buono, per questa volta ti risparmio il castigo. Ma guardati bene!.... Tu mi darai prima di tutto il danaro che hai addosso (Toniello vuotò le tasche), poi resterai a Napoli un intero mese, senza fare un passo verso Salerno, senza spedire una sola ambasciata alla ragazza che sai. Al trentesimo giorno sarai qui, sul ponte, a ricevere i miei ordini. Se non obbedisci sei un uomo morto.

Quindi Pallone s'allontanò con un incesso da giustiziere di melodramma. Toniello andò a sedersi cinquanta passi più in là, sulla sabbia, allo sbocco del Sebeto. Rimase lungo tempo stupito, poi scoppiò in pianto dirotto. Quando si svegliò al canto de' pescatori che imbarcavano le reti, il porto s'agitava allegramente, la spiaggia era orlata da una frangia di spuma, il ruscello gorgogliava contro le onde leggiere, il Vesuvio fresco di colori smaglianti lanciava un fiocco roseo al sole che sorgeva. Toniello ebbe un lampo di gioia, ma subito risovvenendosi esclamò con voce disperata: O Reginella! Reginella!

Pallone intanto era partito per Salerno, in un vagone nel quale entrò, senza toccare portamonete; aveva guardato così fisso l'impiegato venuto a chiedergli il biglietto, che il pover uomo allibì. Cammin facendo, nella sala d'aspetto, prese da una panchina, la sacca d'un tedesco che facea il suo viaggio di nozze, e che in presenza di tutti stringeva le mani della moglie guardandola negli occhi; i napolitani, poco abituati a quei modi, credevano quel tedesco un magnetizzatore. Al momento di partire il viaggiatore sentimentale s'accorse del furto, montò in ira e minacciò il capostazione di farlo destituire dal re di Prussia. Il treno partì senza di lui, e Pallone aperse la sacca; non c'era dentro che una vecchia pipa di porcellana, un volume del poeta Geibel, la guida di Baedeker ed una salsiccia: un rigattiere che si trovava nel vagone comperò tutto per due lire. Giunto a Salerno, Pallone si fece indicare la bottega della sora Placida e vi passò davanti più volte, per studiare il terreno prima di conquistarlo. Reginella gli piacque tanto che si propose di seguire il consiglio di miss Uragan, e preparò il suo attacco. Suo primo pensiero fu di stringere amicizia col cocchiere d'una carrozza a due cavalli, al quale offerse la sua protezione e promise mari e monti. Così ebbe gratuitamente l'equipaggio che lo condusse in giro per la città, sdrajato, con fare noncurante, colle braccia abbandonate, la testa all'indietro sulle pieghe del mantello ed i piedi appoggiati sull'altro sedile. Dopo la siesta si fece condurre al negozio della sora Placida, e chiamò con un cenno la venditrice per chiederle dei sigari d'Avana e del tabacco turco. Non ne consumavano a Salerno, e Pallone lo sapeva bene, se ne mostrò tuttavia sdegnato, ed avendo fatto aprire lo sportello ed abbassare il montatojo, entrò nella bottega altero e sprezzante.

– Mostratemi, – disse, – quello che avete.

Uno dei doncicilli s'era alzato per vedere la scena; Pallone gli prese bruscamente la sedia e si sedette incrociando le gambe, mentre la venditrice distendeva davanti a lui tutto ciò che aveva. Scelse un sigaro Cavour, nero come un bastone di liquirizia, e lo gettò via dopo averne aspirato due boccate, tendendo a Reginella il biglietto da due lire ricavato dalla vendita della sacca del tedesco.

– Com'è aggraziata sta peccerella! – disse egli cortesemente alla sora Placida.

– Sono i vostri occhi, – mormorò Reginella, – risposta d'obbligo a un simile complimento.

– Amate? – chiese quindi lo spaccamonti, meno indiscretamente che si possa pensare; questa domanda è in quei paesi naturalissima ed una napoletana è da essa tanto poco offesa, quanto una parigina alla quale si chieda: – Ballate?

– Come no? – rispose Reginella con un movimento dignitoso, come se volesse dire: Guardate l'insolente! Osa dubitarne coi miei quindici anni, e colla mia figura! Sarebbe lo stesso che dirmi, siete brutta? o: non avete cuore?

– Senza dubbio uno di questi tre cavalieri? – aggiunse Pallone sbirciando i tre doncicilli, che pigliarono subito la porta.

– No signore, nessuno di quei tre. Preferirei tre mosche.

Reginella cominciò ad osservare che Pallone era un bell'uomo; le donne hanno sempre una certa simpatia per quelli che fanno paura. Pallone tornò ogni giorno alla bottega. A Salerno aveva trovato mezzo di occupare il tempo utilmente. Fermo davanti la stazione all'arrivo d'ogni treno, facendo il molinello col suo bastone, teneva a distanza la marmaglia dei monelli, dei mendicanti, dei ciceroni, dei facchini, dei veicoli che si lanciavano verso i nuovi arrivati. I suoi protetti soli potevano arrivare alla porta della stazione, portavano via le sacche, le valigie, le ombrelle dei viaggiatori, i viaggiatori stessi che trascinavano in una vettura e alleggerivano se era possibile dell'orologio e del portafoglio. I protetti pagavano il protettore; due albergatori gli davano gratuitamente stanza e vitto; guadagnava più di tutto coi vetturini che facevano il servizio di Pesto. Con questi piccoli guadagni potè offrire alla signora Placida ed a Reginella una corona del rosario di lava, poi, un po' alla volta, qualche cosa di meglio, degli anelli d'oro vero, con dei piccoli rubini falsi, dei monili, e dei pettini di corallo, dei rosoni di perle da appendere alle orecchie. I tre doncicilli non ricomparvero; poco male! il Napoletano li valeva tutti, ed aveva ogni giorno da raccontare delle nuove storie, e che storie! prodezze, sfide, duelli a coltello, piemontesi atterrati, birri abbrancati alla gola e costretti a cedere, pescicani presi all'amo, cinghiali soffocati colle proprie mani. Pallone parlava volentieri di sè, come Enea, ed una povera fanciulla del popolo poteva benissimo essere debole come Didone; del resto Toniello non tornava; questo la inquietò assai dapprima; ma tornò calma poi quando seppe che stava bene e che aveva paura. Ebbe veramente qualche rimpianto, fors'anche qualche rimorso, sempre come Didone; non si dissimulò che Toniello aveva la voce più dolce, e l'occhio più carezzevole; ma Toniello sarebbe stato mai capace di mettere in fuga con un'occhiata tre cavalieri, che portavano la spada quando vestivano da guardie nazionali? Poi la sora Placida proteggeva il nuovo venuto, che per il caso d'un'aggressione (la sognava sempre aggressioni) avrebbe potuto guardarle il negozio. Il giorno che ricevette da lui le gocciole di perle, non appena fu uscito disse a Reginella:

– Dovresti pigliarlo, ha dieci spanne di più del piccolo che non si farà mai rispettare, e che ti lascerà morir di fame.

E quando un mese dopo Toniello andò all'appuntamento sul ponte della Maddalena vi trovò Pallone che gli disse con tuono benevolo:

– Sono contento di te, e ti rendo la libertà. Fa quello che vuoi, se lo desideri torna anche a Salerno. Sono io lo sposo di Reginella.

Il povero ragazzo rimase di sasso, e s'appoggiò all'arpa per non cadere. Per la prima volta in vita sua pensò alla sua solitudine, e si domandò se c'era anima viva che potesse interessarsi del suo dolore. Pensò di andare da don Cristoforo. Lo trovò sdraiato, sul terrazzo della chiesa, che soffiava verso il mare delle boccate di fumo, mentre di fronte a lui miss Uragan gesticolava coll'ombrellino.

– Ah! eccoti, Toniello, – disse il curato, – mettiti là, mio caro, e canta.

Toniello si provò a cantare, perchè non sapeva disobbedire, ma un singhiozzo gli soffocò la voce. Miss Uragan corse a lui, il prete lasciò cadere il sigaro. Allora il povero ragazzo si sfogò in un lungo racconto nel quale, messa da banda ogni prudenza, s'arrischiò a dire chi era Pallone, ed a denunciar ad uno ad uno tutti i misfatti di quel briccone arrogante.

Don Cristoforo non ne fu menomamente sorpreso, e non si lasciò sfuggire l'occasione di dir un motto pungente.

– Ecco cosa vuol dire saper leggere!

Miss Uragan abbassò la testa; e dovette per la prima volta in vita sua confessare la propria sconfitta; ma sentiva più dolore che vergogna, e si sarebbe fatta sconfiggere nuovamente e volentieri per consolare il povero Toniello. Finalmente disse a Don Cristoforo abdicando completamente:

– Non c'è che voi che possa cavarlo d'impaccio.

– Ah eccoci! – disse il prete tirando le braccia e le gambe, – sono sempre io che devo far tutto. Non basta dir la messa ogni mattina, non mi lasciano nemmeno il tempo di fare la siesta. Mi si caccia tutti i giorni di qua e di là, mentre io non m'era mai mosso di qui. Ieri per i briganti, oggi per degli amorucci. Sangue di porco! mi lascerete finalmente tranquillo.

Quando si chiedeva un favore a don Cristoforo, si era certi di fargli piacere e d'importunarlo ad un tempo, perchè amava la gratitudine, e gli seccava disturbarsi. C'era in lui un insieme di bontà e di pigrizia; qualche volta la bontà lo faceva parlare da principio, e lo faceva uscire in promesse, che il buon uomo poi non pensava a mantenere; qualche volta invece era la pigrizia che rispondeva, e si lasciava trasportare da esclamazioni di sorpresa e di collera; allora la bontà veniva poi e prendeva facilmente il sopravvento. In una parola don Cristoforo non soccorreva mai le persone, che dopo averle respinte, e si era certi di ottener tutto da lui quando egli aveva lanciato il suo famoso: Sangue di porco! Toniello se ne avvide, – i Napolitani capiscono tutto in aria; – e baciò con effusione la mano del sacerdote. Poi prese l'arpa e cantò dolcemente la più melodiosa e dolce delle sue canzoni.

Don Cristoforo passò una cattiva notte. – Che fare? – diceva senza poter pigliar sonno. – Che fare? Denunciare Pallone alla polizia? Sarebbe la strada più lunga e più seccante. Dovrei scrivere un rapporto, conferire col giudice istruttore, comparire come testimonio al tribunale correzionale e forse alla Corte d'Assise, cercare prove che non ho e testimoni che deporranno contro di me; per finire forse una bella sera pugnalato nel mezzo della via! Sarebbe meglio parlare a Pallone e mostrargli l'immagine dell'inferno? Il governo ha una gran colpa sulla coscienza: c'erano in tutte le vie delle immagini con belle fiamme rosse, diavoli armati di tridente con tanto di corna, e dannati che bruciavano, si contorcevano orribilmente; il popolo vedeva quei supplizi, ed aveva paura. Le immagini sono cancellate, il popolo non le vede e nulla più l'impaurisce. D'altronde cercare di aver influenza sulla ragazza è impossibile, le donne sono tutte eguali, vi scivolano di mano quando credete di tenerle. È stato proprio inutile mandare la pazzerella a Monte Vergine. Che fare? Buon Dio! che fare? Non bisogna andar contro corrente; il meglio è navigare a seconda del vento.

Quindi don Cristoforo s'addormentò, per non destarsi che all'ora di pranzo. Il dì appresso partì per Salerno dove trovò Pallone alla stazione; ma Pallone che non lo conosceva, non s'accorse di lui. Questi s'occupava soltanto dei forestieri che riconosceva a colpo d'occhio, alle loro faccie inebetite. Il prete andò difilato dalla sora Placida che agghindata coi fiocchi, coperta di gioie, era occupata a sminuzzare dei mozziconi di sigaro raccolti nella via per farne tabacco da fumare. Essa ricevette con un certo imbarazzo la visita inattesa e Reginella divenne più rossa della sua collana di corallo; don Cristoforo tranquillò le due donne.

– Adunque, – disse loro, – comari mie carissime, ho saputo; e vengo a consolarmene. Reginella si sposa.

– Non ancora, – esclamò vivamente la fanciulla.

– Come! non ancora? Pallone va dicendo a chi non vuol ascoltarlo che è cosa fatta. A quando le nozze, mia bella figliuola?

– Ma pure.... Toniello....

– Ha sempre in testa quel suo Toniello, – sospirò la Placida.

– Tu hai ancora in mente Toniello?

– Il povero giovane!

– Non tanto povero in fin dei conti. A Napoli fa furori, colla sua arpa guadagna quello che vuole. Miss Uragan tenta risolverlo a partire per l'Inghilterra dove farebbe certo fortuna, ma l'impresario del San Carlo vuol trattenerlo per primo tenore e gli offre migliaia di scudi.

In ciò che diceva don Cristoforo c'era sempre un fondamento di vero. Miss Uragan aveva infatti la manìa di mandar tutti in Inghilterra, Toniello poi guadagnava realmente qualche soldo cantando davanti gli alberghi, e il direttore del piccolo Teatro Nuovo che l'aveva udito per caso gli aveva offerto di istruirlo a proprie spese al Conservatorio, impegnandolo poi per sette anni; il buon curato non faceva che affrettare un po' gli avvenimenti. Ascoltando questo discorso la sora Placida, sempre di buon cuore, si grattava la testa e apriva tanto d'occhi.

– Non pensa più adunque a me? – chiese Reginella.

– Non dico questo, – rispose il prete, costretto dalla sua posizione a fare delle concessioni alla verità, – ma mi comprendete.... quando ha saputo il vostro matrimonio con Pallone.... Non compiangetelo, perchè non è più da compiangere. Allegri dunque. Del resto Pallone ha una bella statura: è un po' millantatore, ha più fumo che arrosto.... ma, che importa? Fa buona figura, ed in mancanza di Toniello fate bene a sposarlo.

Reginella si mordeva le labbra, la sora Placida sminuzzava nervosamente i mozziconi. In quel punto una vettura a due cavalli si fermò pomposamente davanti alla bottega. Pallone ne discese come da un carro trionfale e congedò il cocchiere con un gesto imperativo. Poi entrò curvandosi col cappello in testa. Se si fosse cavato il cappello la porta non sarebbe stata troppo bassa; ma vi sono delle persone, diceva don Cristoforo, che piuttosto di scoprirsi si abbassano. Pallone s'accorse di primo acchito di non essere accolto come il solito, e sbirciò il prete obliquamente. Da quando era diventato incredulo, chiunque faceva parte del clero era per lui jettatore. Don Cristoforo, a dire il vero, non aveva nè la magrezza, nè il pallore, nè il naso aquilino, nè gli occhiali verdi dei jettatori; aveva invece un faccione roseo rubicondo nel quale gli occhi quasi sempre assopiti, ma scintillanti quando egli voleva, non s'abbassavano in faccia al sole. Tuttavia Pallone aveva paura della sottana, nè ebbe torto, perchè portando la mano al cappello per salutare il prete, urtò col gomito un fascio di pipe che andarono a frantumarsi sul pavimento.

– Non fa niente, – disse la sora Placida torcendo la bocca. E s'abbassò per raccogliere i cocci di terra cotta, tentando invano di riappiccarli insieme e ripetendo con un sorriso forzato:

– Nun ve n'incaricate.... Per un soldo di più o di meno non importa.

– Benvenuto! padron Pallone, – esclamò il curato. – Voi non mi conoscete, ma io vi conosco, abbiamo una comune amica, miss Uragan, che ci protegge ambedue. Io sono Cristoforo per servirvi.

– Per comandarmi, – rispose Pallone. Un'altra frase d'obbligo, che il miscredente disse però, volgendo la faccia per evitare il mal occhio.

– Ebbene, padron Pallone, – proseguì il prete, – voi prendete moglie, me ne rallegro. Vi voglio dare io la benedizione, ho sempre portato fortuna agli sposi. Io vi auguro salute a josa, e un bel maschiotto.

Pallone si dimenava come un cavallo beccato da un tafano. Quando un jettatore vi rivolge gentili espressioni, certo vi deve succedere qualche disgrazia. Non c'è che un mezzo per scongiurare il malefizio: mettere avanti l'indice ed il mignolo, tenendo gli altri diti piegati; Pallone, che se n'intendeva di tali cose, faceva quel gesto colla mano in tasca.

– Ed ora, compare mio – riprese don Cristoforo, – pensiamo a divertirci un pochino. Queste donne s'annojano in bottega; bisognerebbe uscirne un po'; venite domani a Napoli, volete? Vi mostrerò le chiese, e vi condurrò a Frisio a cena, sopra lo scoglio che si protende sul mare. C'è là un cuoco di cartello che fa dei maccheroni colle vongole, ed un pollo coi pomi d'oro, che vi assicuro numero uno. Poi aggiungetevi, qualche pasticcio, ed un Capri, un Capri spumante.... che non si dà l'eguale, per far saltar in aria i turaccioli ed i cervelli.

– Mi spiace – disse Pallone, – ma non posso.

– Che avaraccio! – esclamò il curato – voi non volete distrarre un po' queste povere donne.

– Questo sì, – rispose il volpone, squadrando la figura corpulenta di don Cristoforo. – Vogliamo andare domani, che è domenica, di buon mattino, a Pompei. Vedremo le antichità, e pranzeremo da Diomede. Alle ventidue saliremo sul Vesuvio, e poi andremo dall'eremita e passeremo la notte sulla montagna per vedere la levata del sole. Bisognerà faticare un po', ma abbiamo buone gambe. Se il rispettabile signor sacerdote, – aggiunse inchinandosi fin quasi a terra – vuol onorarci, saremo ai suoi comandi.

A tal complimento si risponde: «Alle mie preghiere,» così fece don Cristoforo che conosceva il galateo. Si scusò di non poter accettare il sarcastico invito, e Pallone, che s'era alzato, prese congedo per andare a disporre per la gita del dì appresso. Egli non vedeva l'ora di lasciare il jettatore. Lo spaccone uscì moltiplicando le cerimonie d'uso, perchè ci teneva a mostrarsi bene educato: camminò a ritroso, ripetendo alcune frasi di prammatica: «Servo umilissimo. – Vi riverisco ossequiosamente. – Mi raccomando alla vostra grazia. – Bacio le mani a vostra signoria. – Vi accerto della mia devozione. – Padrone reverendissimo. – Di nuovo, di nuovo!» All'ultimo «di nuovo» Pallone scivolò su una buccia di cocomero, e andò a rotolare su un mucchio d'immondezze, dimenticato da una quindicina di giorni e si rialzò borbottando tra i denti:

– Infame jettatore!

Poi disparve alla svolta d'una strada. Don Cristoforo restò ancora un po' dalla sora Placida e tornò a parlare dei bei successi di Toniello; poi risolse Reginella a decidersi per Pallone, e la consigliò a non lasciar andare a vuoto la gita del dì appresso. Era una bella occasione per vedere nello stesso giorno Pompei e il Vesuvio, dove i napoletani non vanno. Sembra che le meraviglie non siano fatte che per i forestieri.

– Se avessi trent'anni e trenta chili di meno da portare, sarei dei vostri. Cercherò di mandarvi Toniello dall'eremita, ma non dite nulla a Pallone, sarebbe capace di rinunciare alla gita, è geloso ed ha ragione.

Detto questo don Cristoforo se n'andò a pranzo da un curato suo amico, fece la siesta e se ne tornò a Napoli.

Il domani Pallone era in arme e bagaglio, s'era procurato gratuitamente tre biglietti (e biglietti di prima classe) per il viaggio da Salerno a Pompei. Nel vagone una compagnia di stranieri ritornati il giorno prima da Pesto, parlavano tra loro senza tregua, ridendo di tutto e di nulla.

– Sono francesi – pensò Pallone, – con questi non c'è da far niente, – e non rivolse loro nemmeno una parola. Ma quando a Pompei li vide discendere alla stazione e dirigersi difilati all'albergo; li prevenne dal trattore che aveva il nomignolo di Diomede, e gli disse mostrandoli:

– Ecco dei forestieri che vi accompagno.

Diomede comprese, ed abbassò il mento sulla cravatta; questo significava che Pallone, la signora Placida e Reginella avrebbero mangiato a spese dei francesi.

Sopraggiunsero degli asinai offrendo alcune cavalcature per l'ascensione al Vesuvio, i francesi rifiutarono con gaie parole di fare il bis d'una gita, che li aveva già divertiti una volta. Pallone fissò in volto un asinaio dall'aspetto più scaltro, questi sporse il collo e accennò colla testa; allora il faccendiere stese la mano verso i forestieri e la alzò verso la cima del Vesuvio, poi accennò con due dita la signora Placida e Reginella, poi sè stesso appoggiando il pollice sullo stomaco. L'asinaio abbassò la testa. La pantomima che durò tre secondi significava:

– Ascolta, asinaio, ho da proporti una cosa.

– Cos'hai da propormi? Ascolto.

– Io faccio salire questi forestieri sul Vesuvio, ma vi devono essere tre asini per quelle due donne e per me.

– L'affare è conchiuso.

Quindi Pallone chiamò l'asinaio ad alta voce e disse lentamente in buon italiano per esser compreso dai viaggiatori:

– Giacchè quei signori non vogliono gli asini, li prendo io; avremo stasera una stupenda eruzione.

– Come lo sapete? – chiesero ridendo i francesi.

– Come lo so? – rispose Pallone con sussiego e da persona che se n'intende. – Dal sismografo del signor Palmieri che non mente mai. – Eccovi che cosa vuol dire saper leggere!

Questa parola sismografo produsse il suo effetto: e gli stranieri fermarono gli asini. In attesa del pranzo le due compagnie andarono a visitare Pompei; era domenica e si entrava gratuitamente nell'antica città. Pallone l'aveva previsto; non che fosse avaro (metteva al lotto quanto pigliava), ma s'era fatta una legge di non pagar mai nulla. Passata la porta invitò le guide a non venirgli d'attorno, asserendo che ne sapeva quanto loro, e che volendo, poteva dar anche delle lezioni. Avendo già fatto il giro delle rovine in compagnia di miss Uragan, e d'un antiquario che la guidava, aveva tenuto a memoria qualche nome, e come si dice, le linee principali; questo è quanto basta ai dotti che si contentano di poco. Veramente incorse in qualche errore, prese la basilica per il tempio di Venere ed il tempio di Venere per la basilica, confuse un po' nelle Terme il frigidario, il calidario, l'apodittero, e l'ippocausto; scambiò la casa del duumviro Olconio con quella del poeta e quella dell'edile con la casa di Sirico; e narrò, credo, la fine di Pompei senza aver letto Beulè, seguendo semplicemente il racconto di Plinio il giovane. In questo racconto il povero Pallone non s'ingannava più degli altri, e come gli altri sapeva dare a tutto una spiegazione; questo è l'importante. Egli ne era superbo, e tale si mostrò sopra tutto quando elevatosi in tutta la sua grandezza sul gradino più alto dell'anfiteatro, stese un braccio più che raddoppiato dal suo randello e narrò i fatti memorandi dei bestiarii, e la lotta che ebbe egli stesso corpo a corpo contro un cinghiale. Uno dei Francesi, che era pittore, abbozzò in fretta sul suo album quella figura enfatica e fiera; la sora Placida conosceva già la storia del cinghiale e si mise a pensare al suo armadio di Salerno: non era ben certa d'averlo chiuso a doppio giro; Reginella, accoccolata su un gradino, guardava il Vesuvio, e si chiedeva se troverebbe Toniello dall'eremita.

Il pranzo fu abbondante; Diomede aveva disposto tutto per bene; e senza le mosche che ronzavano a milioni nel portico dell'albergo, sarebbero rimasti a banchettare fino a sera come a Pasqua ed a Natale. Gli asinai arrivarono con una mandra di asini e di muli: Pallone salì sulla bestia più alta, ed aperse alteramente la marcia, le sue gambe lunghe erano stese in avanti, nella destra brandiva il randello, mentre l'altra si moveva accompagnando nel suo moto irregolare il galoppo ed il trotto del mulo. La sora Placida si lasciava sfuggir delle grida tenendosi abbrancata all'arnese barcollante che le serviva di sella; Reginella si sedette coraggiosamente sul suo ciuco, e vi si trovò così bene che non pensò ad altro, e non si inquietò più dei Francesi, che l'avevano dapprima messa in soggezione, nè di Pallone, nè di Toniello, nè del pettine di corallo che cadde per terra, nè dei capelli spuntati che scendevano in due lunghe treccie, nè della sua gonna corta che andava e veniva in balìa del vento. Hop! hop! al trotto! al galoppo! prima di tutti sui pendii sempre più ripidi! colle braccia in aria, le gambe penzoloni ed agitate, essa sembrava ballare sull'animale con delle risa infantili, con dei trilli da uccello. Si dovettero finalmente abbandonare gli asini, per salire a piedi al gran cono; fu questa una terribile prova per la sora Placida che, tirata da una guida, spinta da un'altra, camminava ansante come se l'accompagnassero al patibolo. Quando giunsero alla sommità... Vittoria! Trionfo! Sprofondando gli occhi nella vallata che separa il Vesuvio da Somma, Pallone vide scendere un largo torrente di fuoco; nell'istesso istante il gran cono lanciò un primo razzo.

– Che cosa vi avevo detto? – gridò il profeta, sorpreso d'aver predetto il vero, ed un po' inquieto per trovarsi tra due fuochi.

Le guide, sempre prudenti, per sfuggire la fatica consigliarono la discesa, e Pallone non se lo fece dire due volte, e si calò primo di tutti per un pendio di cenere, ed in meno di cinque minuti si trovò ai piedi del cono, dove rizzò la sora Placida che rotolava sui fianchi, come un barile. Reginella veniva giù a salti, contenta d'essere al mondo. I Francesi erano rimasti alla sommità senza guide per la semplice ragione che c'era del pericolo.

Entrando nell'eremitaggio Pallone vi trovò tre persone che non aspettava: don Cristoforo, miss Uragan e Toniello; tutti tre erano giunti da Napoli per Resina, ed erano in procinto di mettersi a tavola.

V.

L'eremitaggio di S. Salvatore è una bettola dove raramente si trova da mangiare, ma bensì una bevanda densa, che va facilmente alla testa, e non ha nulla che fare colle viti del Vesuvio, benchè in bottiglia con suvvi il cartellino sacrilego di lachrymachristi. È questa una medicina che presa in grande dose procaccia delle nausee e spreme le lagrime; è dunque saggia cosa, quando si vuol salire il vulcano, imitare don Cristoforo, e portarvi il proprio vino, sia pure il Capri bianco, che non viene da Capri, ed è parimente fatturato, ma onestamente, senza pericolo del cervello, con radici d'ireos.

– Favoriteci – disse il prete, ai nuovi venuti.

Un fremito corse per tutto il corpo di Pallone, ma fece buon viso, ed anzi accettò un bicchiere pieno che sollevò colla destra, mentre colla sinistra sulle ginocchia, nascosta sotto la tavola, faceva le corna. Miss Uragan si mise attorno alla sora Placida, lasciatasi cadere su una panca, pallida per l'emozione e per la stanchezza. Reginella entrò allegramente raccomodandosi i capelli, e scorgendo Toniello andò difilata a lui e gli disse con un certo movimento pieno di moineria:

89

– Beato chi vi vede.

Toniello, che era seduto, alzò lentamente le pupille e le fissò in quelle della fanciulla con una espressione così schietta di rimprovero e di dolore che essa abbassò la testa. Il povero giovane, dal tempo della sua partenza da Salerno, s'era fatto pallido, s'era abbronzito, e, non ostante i suoi diciott'anni non ancora compiti, la sua faccia aveva acquistato l'espressione di un uomo fatto. Prima che miss Uragan riuscisse a risolverlo per la montagnata, ci volle non poco, e forse egli non avrebbe ceduto senza l'autorità di don Cristoforo.

– Vieni, o baggiano che sei, – ripeteva il prete, – vedrai che tutto s'accomoderà.

– Io non voglio più saperne di lei.

– Ebbene tu glielo dirai, ed essa creperà di rabbia.

– Che crepi o no, poco m'importa.

– Collera d'innamorato, – mormorò il buon curato. – Noi sappiamo cos'è, ci siamo passati tutti di là, non è vero, signorina?

– Mai in vita mia! – esclamò miss Uragan alzando il suo ombrello verso il cielo.

Toniello s'era un po' tranquillato durante la salita; l'ascensione ricrea sempre, e l'aria viva delle alture produce sempre l'effetto d'un buon bicchiere di vino generoso. Ma quando all'eremitaggio vide entrare prima Pallone, co' suoi modi da rodomonte, egli sentì rimpiombarsi addosso questa superiorità che l'annientava, che l'opprimeva tanto; dietro di lui veniva Reginella rossa dalla gioia, eccitata fuor di misura dall'eruzione della montagna, dall'ebbrezza dell'aria, dall'ebbrezza del fuoco: povero Toniello! Quell'allegria finì di schiacciarlo. Eccovi la ragione di quello sguardo lungo, velato, che spense quello della fanciulla. Essa mise la testa tra le mani e rivide il Monte Vergine, la gara di Mercogliano, le ginestre allacciate; poi rialzando gli occhi guardò Toniello, che non la vedeva più e lo chiamò con dolcezza; egli non rispose. Allora essa prese il bicchiere ch'egli aveva a metà vuotato e lo sollevò dicendo:

– Bevo i tuoi pensieri.

Toniello strappò il bicchiere dalle mani di Reginella, lo buttò fuori, ed abbrancata l'arpa uscì con impeto; ella gli corse dietro. C'era tanta gente nell'eremitaggio, e tale era lo strepito, che nessuno s'accorse di questa scena. L'eruzione scorta da Napoli aveva già popolato il vulcano. La sora Placida dormiva tranquillamente coricata su un saccone; don Cristoforo mangiava e beveva senza affrettarsi, persuaso che c'è tempo per tutto e che una cattiva digestione può turbare la migliore coscienza. Pallone che ci teneva a non lasciarsi sopraffare, e che tornava spesso al Capri bianco, voleva provare al prete che il buon Dio non esiste.

– È, – diceva, – un'invenzione dei curati per tenere in freno il popolo e le donne. Se il buon Dio esistesse, voi mi capite, caro don Cristoforo, non ci sarebbero più nè ricchi nè poveri, nè signori nè villani. È giusto che i prepotenti siano pieni d'ogni bene, mentre noi poveri diavoli (e vuotò il bicchiere) noi si crepa, di fame e di sete?

Su questo tuono proseguì a lungo tanto forte, e tanto in fretta, che miss Uragan, la quale bruciava d'impazienza, non potè cacciare tra il suo discorso nemmeno una parola. Don Cristoforo ascoltava senza rispondere, senza perdere un boccone; egli aveva per sistema di non scandalizzarsi di nulla, massime finchè sedeva a tavola, e di non discutere mai colle persone che non erano del suo avviso. Egli lasciava loro proseguire il discorso, sapendo bene che l'uomo che va solo soletto finisce per rifare la strada quando è alla meta, o quando non sa come proseguire. Per questo sminuzzava con perfetta tranquillità il carcame d'un pollo di cui erano sparite da un'ora le ali e le coscie, e gettava gli ossi uno dopo l'altro al cane della casa, diventato il suo miglior amico.

All'improvviso l'eremitaggio oscillò, la finestra aperta si richiuse con violenza frantumando tutti i vetri; i piatti, i bicchieri, le bottiglie si urtarono tra loro vuotando la tavola; la campana suonò pazzamente senza norma, e senza campanaro; la folla spaventata si gettò verso la porta con grida forsennate; la signora Placida rotolò dal saccone fino all'altra estremità della camera; miss Uragan che la vide minacciata dai piedi dei fuggiaschi, si precipitò su lei, mentre don Cristoforo stese le braccia per salvare due bottiglie piene ed un bicchiere intatto, e Pallone in ginocchio sulla panca, colle mani giunte sulla tavola e la fronte nelle mani, gridava sospirando: Madonna santa!

Non era che una di quelle leggere scosse di terremoto che accompagnano spesso le eruzioni. Uomini, bestie d'ogni razza, d'ogni qualità, vuotando l'altipiano discesero a corsa, alla rinfusa verso Resina. Alla sora Placida non garbò punto di destarsi, e miss Uragan coll'aiuto di due guide dovette portarla ancora addormentata davanti l'Osservatorio, mentre don Cristoforo fu costretto a trascinar fuori Pallone più morto che vivo, serrando ancora al petto col braccio rimasto libero le bottiglie ed i bicchieri che aveva salvati. Il prete cercò cogli occhi Reginella e Toniello, e li scorse seduti alla distanza di dieci passi l'uno dall'altro sul monticello dov'era coricata la sora Placida.

– Lasciamoli fare, – pensò, – si riavvicineranno. – Poi lasciò andare Pallone che cadde in ginocchio.

– Tu non credi dunque nè a Dio, nè al diavolo?

– Credo a tutto, – mormorò il rodomonte, – credo a tutto e sono un gran peccatore.

Lo spettacolo era meraviglioso. A destra il pendìo della montagna, il mare assopito, il firmamento stellato, la molle curva della costa; lontano, la città, i cui mille fanali che si incrociano in irregolari zigzag, parevano una costellazione caduta dal cielo; più in là, il mare di nuovo, sempre più cupo, che lontan lontano si smarriva in un infinito di mistero e di tenebre; a sinistra, il vulcano furibondo, un pennacchio infiammato oscillava sul cono, un immenso torrente usciva dalla vallata per biforcarsi ai piedi dell'osservatorio, e circondare la collina. Era un mare solido ed infiammato che procedeva ad ondate, che franavano una sull'altra, e rotolavano sassi enormi, massi di lava, monticelli di ghiaia, polvere infuocata. Quanto rosso, mio Dio! quanto rosso! Lampi scaturivano dalla cima, e fulminavano il cielo; lucicchii fiammeggianti passavano come freccie tra le tenebre, manti di porpora parevano scossi attorno alle pareti del cono, nubi scarlatte si vedevano distese sulla intera valle, mentre un incendio formidabile divorava tutto l'orizzonte. Enormi castagni crepitavano tra il fuoco e si torcevano in fiamme biancastre, spaccature si aprivano dovunque come larghe piaghe da cui scaturiscano ruscelli di sangue; dei razzi, delle bombe scoppiavano in aria, ad un'altezza sorprendente per sminuzzarsi in fiammelle, in scintille, in granati, in rubini, cadendo in pioggia da ogni banda sui fianchi della montagna, e nel letto infiammato del torrente. E tutto rumoreggiava, ad un tempo, incessantemente, in un tumulto di fuoco, di vento, di marosi, col fracasso d'una frana, un muggito, un rimbombo interrotto da lampi, uno scoppio continuo di tuoni! Mai il Vesuvio era stato cosa bello!

La Placida dormiva: don Cristoforo lungo disteso sulla schiena fumava voluttuosamente senza incomodarsi per vedere l'eruzione; miss Uragan ebbra d'entusiasmo voleva salire sola, col suo ombrellino, alla cima del cono; Reginella che s'era avvicinata a Toniello gli parlava con vivacità; ma Toniello non voleva udirla e fingeva di non ascoltarla suonando sull'arpa una canzone patetica, della quale mormorava a bassa voce le parole. Nessuno dei due si curava del vulcano. Pallone che a poco a poco s'era rassicurato, volle dare una prova della sua potenza, si rizzò maestosamente, ed andò verso Toniello.

– Ti proibisco, – gli disse, – di parlare a quella fanciulla, capisci? Altrimenti ti prendo per le gambe e ti getto nella lava.

– Gettami, – disse tranquillamente Toniello.

Intanto don Cristoforo, che aveva finito il suo sigaro, s'era messo a sedere, e accorgendosi improvvisamente che l'alloggio era piuttosto pericoloso, volle alzarsi (non fu senza fatica) e fare il giro della collina, indi disse a miss Uragan:

– Dove diamine avete la testa? Non avete visto niente? Siamo circondati dal fuoco.

– Sarà una bella morte! – esclamò la Inglese.

Don Cristoforo alzò un dito, disegnò un cavaturaccioli in aria, e uscì poi in uno scoppio di risa. Gli Inglesi hanno avuto sempre il dono di divertire i Napoletani. Intanto Pallone, pur fulminando Toniello collo sguardo, tendeva l'orecchio, e quando udì quelle parole sinistre «circondati dal fuoco» «bella morte» volle verificare coi propri occhi quanto era avvenuto. Dopo essersi persuaso che l'Osservatorio era un'isola in mezzo alle fiamme, impallidì, mise un ruggito, alzò le braccia al cielo, gettò per terra il cappello e lo calpestò, e finì con rotolarsi nell'erba secca mordendola come un indemoniato. Toniello cantava dolcemente.

Reginella guardò un istante i due giovani, poi prese il pettine, e la collana di corallo, i rosoni di perle, gli anelli d'oro, tutto ciò che le aveva dato Pallone e gettò tutto nel torrente. Indi cavando una forbice di tasca, inchinandosi sul falso Sansone, che si dibatteva sull'erba, gli tagliò il ciuffo di capelli che gli aveva procacciato tanta gloria, e l'agitò superbamente con un gesto da Dalila.

– Lo vuoi tu? – disse a Toniello. – È colui che amo?

Ma Toniello non rispose, ed essa riprese:

– Tu non vuoi quei capelli? Vuoi tu questi? – Stava per tagliarsi le lunghe treccie, che sciolte sarebbero sembrate la capigliatura d'un'Eva, quando Toniello le fermò il braccio e, vinto, la strinse al cuore. La lava procedeva, ma sempre con maggior lentezza, e c'era in un punto una striscia nera di scorie spente, attraversando la quale un pazzo od un innamorato avrebbe potuto, sacrificando le scarpe, e rischiando le gambe, superare il torrente. Toniello prese l'arpa sulla schiena, Reginella nelle braccia, e discese alla striscia nera. Don Cristoforo e miss Uragan arrivarono troppo tardi per trattenerlo; la Inglese li voleva seguire, ma il prete la arrestò dicendole:

– Lasciate stare; c'è un Dio per gl'innamorati. Essi non morranno, mentre voi....

Stava per dire una facezia quando impallidì tutto ad un tratto; Toniello s'era fermato a mezza via, coi piedi profondati in una buca rossa; Reginella gli si strinse attorno, e mormorò a bassa voce:

– M'ami?

Toniello ritirò il piede; la scarpa bruciava, ma egli non emise un grido, e toccò in tre salti l'altra sponda, dove posata a terra Reginella le rispose all'orecchio:

– Sì, t'amo.

Poi si cavò le scarpe, e benchè il piede gli dolesse salutò con un sorriso don Cristoforo che colle braccia tese inviava da lungi questa benedizione nuziale:

– Figliuoli, siate felici.

– Ma noi che facciamo? – chiese miss Uragan.

– Siamo in mano di Dio! consultiamo le nostre guide.

Le guide, già pagate, erano scomparse, portando seco le due bottiglie. Don Cristoforo, di solito abbastanza indulgente verso i ladri, dichiarò stavolta che meritavano la corda; ed andò a picchiare alla porta dell'Osservatorio; là trovò il professor Palmieri, che faceva tranquillamente degli esperimenti meteorologici.

– Non c'è dunque pericolo? – chiese il prete.

– Lo spero, – rispose lo scienziato.

– Lo sperate soltanto? diamine! Perchè dunque siete rimasto qui?

– Perchè è il mio posto.

– Non è però il mio.

– Anzi, – disse sorridendo lo scienziato, – se dobbiamo morir tutti stanotte, voi potrete darci l'assoluzione.

– È vero, non ci pensavo, – rispose bonariamente don Cristoforo, che andò a riferire questo dialogo a miss Uragan.

Essa s'innamorò subito della scienza, ed avrebbe voluto prendere su due piedi la prima lezione di meteorologia. Pallone continuava ad avvoltolarsi nell'erba, e la Placida che non aveva cessato di dormire fu molto sorpresa qualche ora dopo di trovarsi all'aria aperta, col cielo sul capo, ed un cono nero nero di fronte. Il suo primo pensiero fu di frugare in tasca per vedere se la chiave dell'armadio c'era sempre. Non fu molto facile persuaderla a passare il torrente; la lava era già raffreddata e non c'era più nessun pericolo; uscivano solo qua e là, come da un fuoco di carbone semispento, delle fumate azzurrognole. Quando le raccontarono come l'aveva scampata bella, giurò che non vi si lascerebbe più cogliere. Credo infatti che abbia mantenuto la parola.

Mi chiedete da chi ho avuti questi particolari? Li ho avuti da don Cristoforo che s'è fatto viaggiatore. Quando l'incontrai qualche mese fa a Ginevra, credevo che se ne tornasse dall'esposizione; m'ingannai, veniva direttamente da Napoli.

– Avete degli affari qui? – gli chiesi molto impacciato.

– Non ne ho punto. Volli soltanto vedere da vicino, coi miei propri occhi, che cosa è la riforma cattolica.

– Oh! oh! don Cristoforo, c'è dubbio che abbiate voglia di ammogliarvi....

– Perchè no? – rispose il sacerdote, un po' imbarazzato.

Non volli insistere, attesi che si confidasse spontaneamente, e per animarlo incominciai a chiedergli del suo paese.

– Sempre nello stesso stato – mi disse. – Abbiamo belle strade e manchiamo d'acqua, abbiamo molto lusso e manchiamo di piastre. Leggete le opere recenti: Napoli ad occhio nudo di Renato Fucini, la Miseria a Napoli della signora MarioWhite, una signora inglese che non ha niente di comune con miss Uragan; leggete e rileggete le Lettere napolitane di Pasquale Villari, voi vi ritroverete le scene che avete visto: gli stessi fondaci, le stesse grotte, gli stessi conversi negli istituti di beneficenza, gli stessi contadini che muoiono di fame o si fanno briganti, gli stessi prepotenti che cavano partito dalla paura e si fanno camorristi. Tutta questa gente oggi come una volta si lamenta ma colla massima allegria, la miseria è gaia perchè il sole ripara tutto. Ah! caro amico, il sole ed i Borboni ci hanno fatto del gran male.

– Così? Io vi credeva borbonico....

– Io? Mai più. Ho sparlato del nuovo governo perchè conviene fare un po' d'opposizione, è il gusto degli uomini pigri che restando spettatori sono naturalmente pessimisti. I Borboni hanno avuto un gran torto, hanno lasciato corrompere l'acqua. Adesso si vorrebbe farla scorrere, si vorrebbero asciugare le paludi, ma le rane, i rospi, le sanguisughe vi si oppongono. Per fortuna lo stato è oppresso dai debiti; questa sarà la fortuna di Napoli. La vita si va facendo cara, ed un bel giorno volere o non volere sarà necessario che tutti lavorino; non avremo allora che un nemico: il sole, che ci fa sobrii, e che ci risparmia le spese di riscaldamento. Se i Piemontesi colle loro bandiere avessero potuto portarci anche il loro clima, noi saremmo salvi.

– Vi saranno sempre dei Pallone.

– Niente affatto, Pallone è un prodotto dell'antico regime e del sole; l'uno e l'altro avevano infiacchito i popolani, che perdettero il coraggio, cioè il sentimento che ogni uomo ha due braccia per guadagnarsi la vita, e per difenderla al bisogno. Ebbene, dovunque vi sono dei poltroni si trovano dei camorristi. È la paura che governa il mondo: la paura del diavolo, la paura del carabiniere, la paura dello spettro nero e del rosso, la paura dei cappelli a due punte e del babau; non ci sono che due classi di persone sotto al cielo: quelli che hanno paura e quelli che fanno paura. Prova ne sia Pallone stesso che ha perduto il suo prestigio col ciuffo che gli tagliò Reginella. Quand'egli si vide così scoronato non ebbe più il coraggio di mostrarsi in nessun luogo e fu in breve denunciato dalle vittime alle quali non faceva più paura. Gli si fece il processo, e venne condannato a cinque anni di reclusione; da quel tempo vive in una casa di pena, dove ha riacquistato il suo ciuffo e ripreso il mestiere di camorrista, taglieggiando i compagni e ricevendo un'imposta sull'acquavite, i coltelli, il tabacco, le carte da giuoco, con tutto il contrabbando che viene dal di fuori. Del resto è alloggiato meglio che mai; i Piemontesi hanno fatto le cose per bene. Pallone ha un bel letto di ferro con un saccone riempito di crine vegetale, ha cuscino, e lenzuoli di lino, e coperte di lana; si lava con del sapone, ciò che non aveva mai fatto prima d'essere messo sotto custodia. Oltre al pane ed alla zuppa lo si serve più volte alla settimana con carne di manzo o di montone, con venticinque centilitri di vino. La sua finestra domina la città ed il mare da Posillipo al Vesuvio. Non è costretto a lavorare e non paga imposte; sono i galantuomini che pagano. E così che avvenne? Quando ebbe espiata la pena si scagliò con un coltello addosso ad un secondino, e l'avrebbe ucciso se non fosse stato trattenuto. Che cosa gli aveva fatto il secondino? Niente, alla lettera, ma Pallone sperava una nuova condanna che l'avrebbe mandato al bagno di Nisida dove si sta meglio che alla casa di pena.

– E Toniello?

– Che temperamento felice! Gli venne offerto tutto, ed egli ha rifiutato tutto. Non volle andare nè al conservatorio, nè esordire al Teatro Nuovo, nè partire per l'America con un impresario che gli prometteva milioni, nè cantare dei duetti all'albergo di Roma, con una principessa russa. Quando la sora Placida è morta senza lasciargli nulla egli l'ha pianta sinceramente. Toniello non ama che Reginella, e Reginella ama Toniello, essa ha giudizio appunto perchè l'ama ed anche in grazia della maternità: la miglior salvaguardia dell'onore; essa allatta il settimo bambino che io ho battezzato il mese scorso: ad ogni nuovo parto essa diventa più bella. Toniello poi, quando ha bisogno di danaro, va in giro colla sua arpa, e si piglia in carta ed in ispiccioli quanto basta per otto giorni; il resto del tempo lo occupa mangiando dei frutti, giuocando coi bambini, sciogliendo le treccie di Reginella, o mirando la sciarpa viola, rosa o turchina che ondeggia attorno a Sorrento, fra mare e cielo.

– Ha imparato a leggere?

– No!

– E che ne dice miss Uragan?

– Trova che ha ragione; essa è diventata borbonica e cattolica. Io non c'entro per nulla, ve lo assicuro; non sono mai stato tanto sicuro della mia fede da convertire gli altri. Miss Uragan ha un'immaginazione attivissima ed ha sempre bisogno d'uno o due scopi che la preoccupino. Dice adesso a chi non la vuol ascoltare che le scuole sono il flagello del paese, che il popolo non deve saper leggere, e che la miglior garanzia della felicità e della moralità, è l'ignoranza. Questo è vero, ma è vero anche il contrario, ecco ciò che le donne non hanno mai potuto comprendere; ad esse manca sempre il senso comune. Il protestantesimo poi, miss Uragan lo trova freddo, monotono. È, – dice lei, – una religione da avvocati, una disputa di tedeschi. Le abbisognano gioie per tutti i sensi: dalle nubi profumate che s'alzano dal turibolo, tra le armonie dell'organo e dei cori, ai dipinti delle cupole alte popolate da belle vergini, da begli angioletti.

– Che pensa adesso dell'immacolata concezione?

– Non ci pensa più; questo è il miglior mezzo per credervi. Per disgrazia è donna ed esagera tutto, vorrebbe oggi bruciare il padre Giacinto, rosolare almeno il vescovo d'Orléans, cui non trova abbastanza puro. Ho dovuto anche cercare per lei un'altra occupazione e l'ho trovata nella medicina. Noi abbiamo a Napoli un uomo di spirito, il quale, persuaso che le medicine uccidono la maggior parte degli uomini, ha avuto l'idea di guarire tutte le malattie senza rimedi. Perciò fa sciogliere in un litro d'acqua due o tre globuli, ai quali varia il nome secondo i casi; l'ammalato beve ogni giorno due o tre cucchiai di quella pozione e guarisce, quando non muore; se guarisce è merito dei globuli, se muore vuol dire che la dose presa era troppo grande o troppo piccola. La composizione dei globuli, naturalmente, è un secreto; l'uomo di spirito conosce il fascino del mistero. Questa medicina pareva fatta proprio a posta per miss Uragan, che se n'è invaghita, e passa i suoi giorni correndo di grotta in grotta, di fondaco in fondaco colla sua farmacia portatile, la solita abnegazione ed il solito ombrellino, in cerca di malati. Se ne trova essa li cura, e per dire la verità, debbo confessare che ne ha salvati più di cento. In fin dei conti è una buona ragazza di cuore eccellente: senza di lei mi annoio: ed anzi (voi avete indovinato) avrei desiderio di sposarla; e siccome m'è stato detto che a Ginevra i preti cattolici hanno trovato la maniera di restar cattolici e preti prendendo moglie, sono venuto a chieder loro come fanno.

Il dì appresso, trovai don Cristoforo sul ponte del Monte Bianco; teneva la sacca da viaggio in mano non avendo voluto abbandonare la sottana. Siccome la sottana a Ginevra non è tollerata che addosso ai preti che sono di passaggio, il nostro curato, rispettoso alle leggi, conduceva in giro la sua sacca per provare ai gendarmi ed ai poliziotti che attraversava semplicemente la città. Quando usciva regolava sempre il suo conto coll'albergatore perchè nessuno potesse aver sospetto che egli volesse andarsene senza pagare. Quando l'incontrai sul ponte del Monte Bianco andava verso la chiesa di NotreDame, dove contava di ascoltare il sermone d'un abate liberale. Soffiava un vento indemoniato; il povero napoletano intirizzito (era la fine di maggio) camminava a stento, tirato a ritroso dalla sottana, che si avvolgeva alle sue gambe, e svolazzava dietro di lui. Camminava tutto rannicchiato colla testa in avanti, con una mano in tasca mentre l'altra aggranchita stringeva il manico della sacca; batteva i denti, e le sue narici imitavano lo sbuffare d'un cavallo spaventato; tutte le sue membra cercavano di avvicinarsi, di stringersi l'una verso l'altra per scaldarsi meglio. Una raffica gli portò via il cappello, che andò nel Rodano, e strinse la sua fronte d'una specie di piumacciolo ghiacciato, che lo fece tremare dalla testa ai piedi. Allora, senza riflettere un solo istante, saltò in una vettura che passava, e gridò con quanta forza aveva al cocchiere:

– A Napoli!... Addio, addio, – aggiunse salutandomi, – il sole ha del buono... torno al sole.

– E miss Uragan?

– Resterà ragazza.

Era infatti destino che essa non si maritasse.

Al principio di giugno la buona donna lesse in un giornale che il papa sarebbe rimasto tutto l'estate al Vaticano, non ostante la malaria. Essa partì subito per Roma colla sua farmacia, sdegnando tutti i consigli; per curare, in caso di bisogno, l'augusto ammalato. Ma là si buscò le febbri, volle curarsi da sola coi suoi globuli; ne prese troppi o troppo pochi? L'ignoro; so solamente che udendo la triste notizia sentii contemporaneamente una voglia malvagia di sorridere ed una stretta al cuore.

FINE.